Um chinês
de bicicleta

ARIEL MAGNUS

Um chinês de bicicleta

Tradução
Marcelo Barbão

Rio de Janeiro | 2012

Copyright © 2007 *by* Editorial Norma

Título original: *Un chino en bicicleta*

Capa: Angelo Allevato Bottino

Editoração: FA Studio

Texto revisado segundo o novo
Acordo Ortográfico da Língua Portuguesa

2012
Impresso no Brasil
Printed in Brazil

Cip-Brasil. Catalogação na fonte
Sindicato Nacional dos Editores de Livros, RJ

M176c	Magnus, Ariel, 1975-
	Um chinês de bicicleta / Ariel Magnus; tradução Marcelo Barbão. — Rio de Janeiro: Bertrand Brasil, 2012.
	280p. : 23 cm
	Tradução de: Un chino en bicicleta
	ISBN 978-85-286-1616-3
	1. Romance argentino. I. Barbão, Marcelo. II. Título.
12-6071	CDD: 868.99323
	CDU: 821.134.2(84)-3

Todos os direitos reservados pela:
EDITORA BERTRAND BRASIL LTDA.
Rua Argentina, 171 — 2º andar — São Cristóvão
20921-380 — Rio de Janeiro — RJ
Tel.: (0xx21) 2585-2070 — Fax: (0xx21) 2585-2087

Não é permitida a reprodução total ou parcial desta obra, por
quaisquer meios, sem a prévia autorização por escrito da Editora.

Atendimento e venda direta ao leitor:
mdireto@record.com.br ou (0xx21) 2585-2002

Sumário

1	9
2	13
3	17
Os ajuizados	21
O julgamento perdido (um delírio)	25
O julgamento (recuperado)	29
7	33
8	37
Diálogo imaginário das costureiras	43
Diálogo imaginário entre avô e neto	47
11	51
12	55
13	59
História de Lito Ming segundo Chen	65

História de Chen segundo Lito Ming...............................69

16 73

17 79

18 83

19 87

História do pai que se negava a festejar os gols
e do filho que se negava a xingar 91

21 95

A incrível história da escola de futebol para chineses
de Jáuregui fundada pelo goleiro da seleção
juvenil argentina campeã do mundo em 1979..................99

23 105

As lições de Li I: O enigmático Dr. Woo 109

As lições de Li II: Os segredos do outro Li 113

As lições de Li III: A verdade sobre os filmes
de artes marciais..117

27 123

28 129

29 135

O amor, prática e teoria 139

Dormindo ao lado de Yintai (um sonho chinês)............143

O amor, teoria e prática 147

33 153

34 157

Os mistérios de Li 165

36 171

37	177
38	181
O casamento chinês (antes)	187
História do chinês que queria comprar 6 *medialunas* e terminou levando 10 (Breve alegoria sobre o choque de culturas, mas com final feliz)	193
O casamento chinês (depois)	197
Chineses em trânsito (Apontamentos para uma teoria psicoantrocultuecossociológica da iemigração)	203
Saudades	207
44	209
45	213
46	221
Uma noite com Leslie Cheung	223
48	229
49	237
Mundo rasgado	241
51	245
52	249
O apocalipse segundo Li	253
54	257
O satori que nunca alcançou o moishe que não era assim	263
O mangá de Li	267
4705	273

1

Sim, este é o princípio da viagem.
Ou seja, o princípio do real.

VÍCTOR SEGALEN

SINTO O FRIO DA PISTOLA NA NUCA QUASE ANTES DE OUVIR A PORTA do banheiro se abrindo de repente, o braço magro e sem pelos de uma pessoa que não consigo ver cruza meu peito e me faz dar um giro, fecho rapidamente as calças e avanço empurrado por trás, sinto culpa por não ter puxado a descarga, talvez nem funcionasse. O banheiro do tribunal dá para um corredor muito estreito, no fundo dois policiais apontam suas armas para mim enquanto gritam entre si para soltar a que tenho cravada no pescoço, não sei qual de todos aqueles canos apontados para mim me dá mais medo, o outro dá tanta bola aos policiais como eu à minha nutricionista e continuamos avançando, quando chegamos ao final do corredor os policiais recuam, alguns me olham com pena. Viramos para a direita e ficamos de frente para a saída do prédio, atrás fica o espelho encardido onde se reflete o alto-relevo gauchesco-stalinista que enfeita a parede da frente, também atrás está o lustre gigante que joga mais sombra do que luz sobre o conjunto e que parece a ponto de desabar; eu, pelas dúvidas, me desviei dele quando fui ao banheiro, os policiais que nos escoltam caminhando de costas nos fazem sinais de que devemos parar, mas já sem convicção, até parecem já meio cansados de todo o assunto.

É então que meu captor grita não sei o que e me dou conta de que é Li, Fosforinho, o chinês piromaníaco que acabam de condenar no julgamento em que fui testemunha.

Porque no meio de tudo isso estou de iPod, por uma dessas casualidades que me fazem pensar que o mundo é regido pelo Grande Computador, justo nesse momento toca em meus ouvidos Los Tintoreros, uma banda de chineses argentinos que toca rock pesado, os gritos de Fosforinho penetram a canção e combinam tão bem com o tema que certamente vou sentir a falta deles na próxima vez em que escutar a música. Para ir mais rápido ou para se proteger de uma eventual troca de tiros, o chinês decide me carregar nos ombros, girando-se para não mostrar as costas a ninguém, passamos pela frente do tribunal número 26 onde ele acaba de ser condenado a quatro anos de prisão por porte de arma de guerra e tentativa de incêndio, eu me pergunto como conseguiu escapar do policial que tomava conta dele, não parece nenhum esforço para o chinês me levar no ombro mesmo sendo ele um ratinho e eu estar mais para leitão.

Do lado de fora, Fosforinho me coloca de novo no chão, ao redor já se formou o típico grupo de curiosos, parecem contratados,

UM CHINÊS DE BICICLETA

as pessoas gritam coisas que não consigo ouvir, alguns fumam nas varandas, que estranho que o pessoal da Crónica TV ainda não chegou. O trânsito na rua Paraguay está parado, Fosforinho ameaça me levar até a esquina da Montevideo, depois muda de ideia e vamos para o outro lado, para de repente, evidentemente não sabe para onde ir, o chinês, parece um portenho perdido em Beijing. Então teve uma ideia totalmente doida, aponta para um policial que estava protegido atrás da porta de seu carro patrulha e faz sinais para que se afaste, entra comigo pelo lado do motorista e me empurra até que fico do outro lado, demora uns segundos para arrancar, depois saímos cantando pneu, quase atropelamos alguns curiosos na calçada em frente.

Na esquina da Paraná, não batemos num ônibus porque o Grande Computador não quis, depois continuamos até a Corrientes e lá nos dirigimos à parte baixa da cidade, tudo isso em primeira, o motor parece estar a ponto de explodir, meu pai que é taxista acho que no meu lugar morreria de um ataque de coração. A avenida está congestionada, à altura da Libertad quase não avançamos, Li olha desesperado o painel, bate com o cano da pistola em alguns botões, fala comigo e aí percebo que continuo com os fones de ouvido, agora toca uma balada do Iron Maiden, é uma lástima perdê-la então só tiro o fone esquerdo. O que o chinês estava pedindo era que ligasse a sirene, procuro no painel e depois no teto, mexo em botões, algum é o correto e pela primeira vez na minha vida ouço o barulho de dentro de uma viatura.

Do lado de fora ninguém dá a mínima, que se esfrie a pizza desses corruptos, devem pensar os outros, Fosforinho acelera da mesma forma, vai levando o carro para a frente e tira um fino de uma velhinha na esquina, chega na 9 de Julho e pega o caminho para a autoestrada, agora sim em quinta. Quando quebramos a barreira do pedágio, o chinês dá um grito mais alto que a sirene, nem se tivéssemos passado a fronteira com o México e já estivéssemos livres, à esquerda dá para ver a favela. Li deixa a arma encostada no para-brisa e sorrindo para mim pisca um olho, ou está louco ou é um mestre, este chinês, suponho que as duas coisas e será por isso que eu o achei simpático desde o princípio.

2

MINHA HISTÓRIA COM O CHINÊS PIROMANÍACO TAMBÉM COMEÇOU com uma viatura e umas sirenes, foi na noite de 2 de setembro de 2005, eu voltava da casa da minha namorada, seriam umas duas ou três da manhã, quando passou uma viatura fazendo barulho no meio do sonho das pessoas e nos meus fones de ouvido, não havia trânsito para sair da frente. Vi que parava perto de outra viatura na esquina da Avenida La Plata e Guayaquil, aparentemente tinham detido alguém, algo estranho na região porque eu caminhava ali várias vezes por semana e a única coisa que encontrava eram os ladrões, tinha sido assaltado três vezes e tirando algum policial brincando com o celular nunca tinha visto nada parecido com uma autoridade.

— Qual é o seu nome?

— Ramiro. Ramiro Valestra.

— Idade?

— 25.

— Está com seus documentos?

— Sim.

— Então vem comigo que vai ser testemunha. E tire os fones quando falarem com você.

Além de quatro policiais e do detido havia outra pessoa, uma segunda testemunha que parecia ter uma cara conhecida, depois me lembraria de onde, sobre o capô de uma das viaturas, estavam espalhados uma pistola e uns cartuchos, uma garrafa cheia de algo estranho, fósforos, uma pedra, uma carteira, apoiada contra o para-choque estava uma bicicleta e parado atrás, a cabeça levantada e o olhar tranquilo, Li, o incendiário que logo ficaria famoso com o apelido de Fosforinho.

Devia ter mais ou menos a minha idade, era bastante alto para um chinês gordinho também, tinha a franja típica de seus compatriotas e o rosto muito branco, quase não dava para ver seus lábios de tão finos, mas pareciam estar o tempo todo prestes a sorrir, a cada tanto fechava os olhos já bastante fechados como se fizesse foco para ver bem de longe. Estava vestido exatamente como eu, tênis, jeans, camiseta, casaco leve e, apesar da falta de brincos nas orelhas, tinha correntinhas no pescoço, talvez tenha sido essa coincidência que me fez simpatizar com ele desde o princípio, talvez possa ter a ver com o fato de que nunca tinha visto uma pessoa algemada ou de que, como quase todos os delinquentes, Li não tinha cara de bandido.

Enquanto um policial preenchia a ata e ia explicando o que estávamos vendo, a pistola "nove milímetros pronta para uso imediato com um cartucho de reposição com 30 projéteis", a garrafa "de Coca-Cola de 500 mililitros ou seja meio litro aproximadamente cheia de um líquido amarelo de aroma parecido a gasolina", uma caixa de fósforos "marca Los Tres Patitos", uma pedra "do tamanho de um punho", uma carteira com "setecentos e dezoito pesos argentinos", enquanto lia para nós o que teríamos de assinar eu tentava me lembrar de onde conhecia a outra testemunha, tinha uma dessas caras que a gente não sabe se viu há muito tempo ou há pouco tempo. Lembrei-me, de repente, quando ele me olhou fazendo um gesto de que era melhor que eu deixasse pra lá, era um dos ladrões que tinham me assaltado na região, o último para ser mais preciso, os sapatos que usava eram meus.

Escondeu minha consternada surpresa a freada do caminhãozinho da Crónica TV, sempre firme junto ao povo, que tinha entrado na Guayaquil a toda velocidade e na contramão como se fosse uma viatura, o motorista cumprimentou um dos policiais com fraternidade suspeita. O que escrevia a ata se apressou a tapar o rosto de Li, mas o amigo do motorista o impediu a tempo para que a câmera pudesse fazer algumas tomadas, depois as luzes se concentraram nas evidências do crime enquanto o de posto mais alto penteava o cabelo e os bigodes, as perguntas foram feitas pelo próprio motorista agora em seu papel de jornalista.

— Como foi feita a prisão, delegado?

— O sujeito vem circulando na contramão em sua bicicleta pela rua Guayaquil e, vendo a viatura, inicia uma ação de fuga chamando a atenção dos efetivos que, procedendo a detê-lo, confiscam uma arma e outros objetos comprometedores.

— O delinquente seria o piromaníaco que assola o bairro há semanas?

— Bom, isso a justiça é quem deve dizer, mas eu acho que sim.

— Qual é a origem do malfeitor?

— Segundo as primeiras perícias seria um homem de nacionalidade oriental, como se pode observar a olhos vistos.

Quando a câmera se virou para nosso lado, o ladrão já tinha ido embora, nem vi quando assinou os papéis, Li tinha sido colocado no carro e tiveram que tirá-lo de novo para que a Crónica registrasse o acontecimento, pelo que tinha conseguido escutar o acusavam de ser quem estava incendiando lojas de móveis em Buenos Aires, já podia ver os títulos em branco sobre vermelho com musiquinha de estardalhaço no fundo, Sátiro das lojas de móveis era chinês, Chinês incendiário planejava novo golpe, depois fiquei sabendo do apelido Fosforinho, não há como ganhar dos caras da Crónica.

A viatura arrancou com as sirenes acesas pelas ruas desertas e a câmera o seguiu até virar a esquina, depois se voltaram para mim enquanto eu assinava a ata e me fizeram algumas perguntas, eu não sabia de nada, mas respondi da mesma forma, as pessoas fazem qualquer coisa para aparecer um pouco na TV, de qualquer forma acho que não fui muito interessante porque não me colocaram no ar, pelo menos ninguém me viu, os caras da Crónica guardaram seus equipamentos, e os policiais, as evidências, foram embora juntos pela La Plata.

A verdade é que eu nunca tinha sido testemunha de nada, nem sequer de um casamento ou de um batismo, na minha inocência pensei que isso era tudo, quando era apenas o princípio, e fui embora contente com a nova história, a noite parece morta, mas é quando mais coisas acontecem. A única coisa que me inquietava era saber que o ladrão andava pela região, sabia que conhecê-lo não era nenhuma vantagem, no assalto anterior eu quis dar uma de amigo dizendo que era a quinta vez que me roubavam no mesmo quarteirão e se ele não me daria desconto por ser cliente fixo, o magricela me roubou da mesma forma, mas quando foi embora deu um sorriso, acho que foi isso que o entregou, não se esquece tão fácil um ladrão que sorri para você.

3

PASSOU MAIS DE UM ANO, UM ANO PARTICULARMENTE RUIM, minha mãe precisou fechar a loja, tinha uma queijaria, meu pai descobriu que tinha um tumor no estômago, que resolveu ignorar, e continua dirigindo seu táxi, meu irmão foi morar no Brasil, fazer não sei o quê, e eu descobri que minha namorada me traía, pior, com meu melhor amigo, típico.

— Como você pôde fazer isso com meu melhor amigo, Vanina.

— Não deve ser tão bom amigo.

— Como pôde fazer isto com minha namorada de tanto tempo, Nacho.

— Posso assegurar que não fui o primeiro.

Um ano péssimo, como disse, o único consolo que tive foi que para outros tinha sido muito pior, por exemplo para Li, eu o vi de novo uma quarta-feira no meio de dezembro quando fui intimado a comparecer ao tribunal, tribunal criminal número 26, rua Paraguay 1536. A intimação chegou junto com o telegrama da minha demissão, outras das péssimas novidades dos últimos meses, embora essa fosse previsível, trabalho com sistemas e cometi um erro grave, isso se paga. O que mais me deu pena foi que a audiência era no horário de trabalho, entre isso e contar a história na volta eu teria passado o dia sem sentir, a verdade é que odeio trabalhar.

Minha experiência em julgamentos orais e públicos se limitava aos filmes americanos, nem sequer sabia que existia algo assim na Argentina, nem entendo por que alguns são chamados de orais e outros não, se me dessem a opção eu preferiria ir diretamente à prisão a ser obrigado a sentar na frente do público no banco dos réus. Da mesma forma, o público neste caso era formado apenas por três estudantes de direito, uma delas bastante gostosa, na pausa fomos todos juntos comer, com uns velhos que não conseguimos decidir se eram advogados aposentados, jornalistas sem credencial ou mendigos buscando um pouco de ar condicionado. A escrivaninha de madeira atrás da qual estavam os juízes era a única coisa que se parecia vagamente com os filmes, o resto não se distinguia de uma sala de aula grande com sua lousa, sua bandeira, as cadeiras de ferro, as lâmpadas fluorescentes, as paredes sujas, a clássica barata de barriga para cima num canto.

Os juízes eram um homem e duas mulheres, uma delas baixa e gorda, e com uma cara de má que, quando me tomou o juramento, fez com que minha voz tremesse, à esquerda deles estavam Li com o tradutor e seu advogado, o dr. Paralini, e à direita o promotor e seus assistentes, um policial de uniforme cinzento tomava conta de Li, outro de civil vigiava a porta. Debaixo do aparelho de ar-condicionado, o mais moderno do recinto junto com a lousa branca, dessas em que se escreve com pincel atômico, havia um computador, uma verdadeira relíquia histórica, devia funcionar a pedal. Um secretário jovem, amável e impecavelmente vestido digitava com dois dedos, o teclado fazia tanto barulho que várias vezes os que falavam tinham de repetir o que diziam, havia microfones e alto-falantes, mas é claro que não funcionavam.

Notei tudo isso depois, no começo vi apenas Fosforinho, não ao entrar porque estava um pouco nervoso, mas quando a juíza com cara de má me perguntou se eu o conhecia e eu disse que sim, embora deveria ter dito que não, estava muito mais magro que a última vez e tinha o cabelo raspado como o de um louco, fechava os olhos com mais frequência, parecia ter um tique, os lábios já não sorriam. A roupa que usava também era de dar pena, um moletom azul-claro de pano grosso demais para a estação, sujo, além de alguns buracos, sobre o peito dava para ver a estampa de um hotel em Saint-Tropez, não entendo por que esses lugares caros fazem publicidade em meios tão baratos, as pessoas viajam do mesmo jeito. Mais que pena, o que Li me fazia sentir era culpa, parecia que tinham acabado de agarrá-lo cruzando ilegalmente a fronteira depois de duas semanas perdido no deserto, mais do que atirar uma moeda, dava vontade de adotá-lo.

— Jura ou promete segundo suas crenças dizer a verdade e nada mais que a verdade?

— Sim.

— Sim o quê?

— Juro, juro.

Os juízes e os advogados não me perguntaram nada em especial, a verdade é que eu nem precisava ter ido, a outra testemunha nem apareceu, o advogado de Fosforinho protestou, de forma muito fraca para o meu gosto, pergunto como teria reagido se soubesse a que a testemunha se dedicava. Em vez de confirmar que esse que estava aí era o acusado, que a bicicleta que me mostraram numa foto era a mesma que tinha visto aquela noite, que a assinatura na ata era a minha, em vez de todas essas obviedades, eu teria preferido contar o que aconteceu com o pessoal da Crónica TV, isso de que destaparam o chinês para filmá-lo e que o fizeram entrar duas vezes na viatura para que a câmera o filmasse, mas ninguém me perguntou isso. Meu palpite era que os juízes não queriam saber nada do que tinha saído na televisão ou nos jornais sobre o caso, falar sobre isso era de mau gosto, como dar a um médico conselhos de avó ou a um cozinheiro sopinhas Knorr, o dr. Paralini pareceu não entender isso e citava o jornal como se fosse uma autoridade, um erro grosseiro, se fosse eu já teria sido demitido.

Como eu era a primeira testemunha e depois estava liberado, sair para procurar emprego nunca foi meu forte, além disso tinha a estudante gostosa, não lembro seu nome, mas seus outros atributos não esquecerei jamais, como estava livre respondi às perguntas e fiquei para ver o resto, ver julgamentos é grátis e, para dizer a verdade, quase tão divertido quanto o Playstation.

Os ajuizados

A POUCOS QUARTEIRÕES DE ONDE DETIVERAM LI, UM INCÊNDIO havia acontecido, o segundo dessa noite e o número onze no mês, todos contra lojas de móveis ou de colchões da região, supostamente nenhuma delas tinha seguro, famílias inteiras na ruína diziam as manchetes dos jornais. O mais devastador ocorreu em 30 de agosto na esquina da Corrientes com a Malabia, ninguém morreu, mas nada se salvou, ainda hoje é possível ver o buraco negro, o fogo chegou até as varandas vizinhas e queimou um carro estacionado na porta, a Crónica TV transmitiu ao vivo. A hora dos ataques era sempre a mesma, entre uma e quatro da manhã, o método também não variava, quebravam a vitrine com uma pedra e atiravam gasolina pelo buraco, às vezes por baixo da porta, mesmo se os bombeiros chegassem rápido a mercadoria era perdida, um cigarro se apaga com um pouco d'água, mas um colchão parece que não. Num dos casos, alguém tinha visto um homem jogar um fósforo e fugir de bicicleta, desde então a polícia o procurava, o chinês evidentemente não assistia à televisão ou não entendia, porque deve ter sido o único morador da cidade que não soube disso.

Li foi detido não só de bicicleta e com tudo de que precisava para iluminar a noite, mas depois em sua casa encontraram mais pedras e um mapa de Buenos Aires onde supostamente estavam marcadas todas as lojas incendiadas, um suspeito tão impecável que já era de despertar suspeitas, o advogado dele o chamou de chinês expiatório como se o pobre Fosforinho já não tivesse apelidos suficientes. A imprensa, por outro lado, estava encantada e começou a criar hipóteses, a mais divulgada dizia que Li era um soldado da máfia chinesa, queimava lojas estratégicas para que depois seus conterrâneos comprassem barato e montassem seus minimercados, que outra explicação havia para um cara que trabalhava entregando mercadorias andasse com 700 pesos no bolso.

Durante o julgamento fiquei sabendo que a primeira coisa que o chinês fez quando o detiveram foi mostrar a licença para a arma, disse que tinha comprado porque já havia sido assaltado várias vezes, algo bem fácil de acreditar segundo minha própria experiência, mas não sei se era a explicação mais recomendável para o momento, ali perto estavam os policiais encarregados de que ele não tivesse de recorrer a esses métodos para se sentir seguro. Quando perguntaram pelas outras coisas deu explicações menos verossímeis, disse que a gasolina era para uma moto, a pedra para destravar a corrente da bicicleta quando ficava travada e a caixa de fósforos gigante para acender os cigarros, ninguém acreditou nele, mas como ninguém vai preso por falta de engenhosidade, foi levado por não ter a licença de porte de arma, no julgamento descobri que uma coisa é a posse

UM CHINÊS DE BICICLETA

e outra o porte, e entendi que por algo assim ninguém, tirando um pobre chinês, termina na prisão.

— Eu tenho uma arma e também não sabia sobre a permissão de porte.

— O senhor não está sendo julgado, dr. Paralini.

Nem Li terminou na prisão propriamente dita, na delegacia o interrogaram e como começou a delirar, dizia que tinha um chip na cabeça de onde recebia ordens do presidente da China, gostei disso, disso e de que ele tivesse sido roubado tantas vezes quanto eu, como começou a delirar lhe deram uns comprimidos até ele ficar tonto, quando chegou o tradutor, da sua boca só saía baba. Todos se perguntavam como fizeram para interrogá-lo se não havia tradutor e, no geral, por que o interrogaram antes de ele poder consultar um advogado, talvez nossas forças de segurança quisessem demonstrar que quando querem podem ser pouco burocráticas e bem rápidas, sem deixar de ser generosas, não devemos esquecer que o medicaram de graça.

Fosforinho passou os quatro meses seguintes no manicômio José Tiburcio Borda, pavilhão 20, tomado pelo que se chama camisa química, igual à de força, mas feita de medicamentos. No julgamento falaram todos os psiquiatras que o trataram nesses meses, todos menos o primeiro, de qualquer forma eram uns dez e cada um era uma figura, havia desde o galã queimado de sol até o pedófilo reprimido, a dominadora de salto alto e cílios postiços e a desgraçada com cara de ter criado quinze filhos delinquentes. Todos chamavam uns aos outros de doutor e usavam expressões que só eles entendiam, pelas quais o acusado apresentava um leve retardo mental, nenhum conseguiu explicar totalmente o que isso significava, mas acabou sendo visto como um fato, eu via como eles falavam sobre os problemas mentais do chinês e pensava que nem tudo está perdido para o mundo ocidental enquanto duas pessoas puderem entrar em acordo para declarar que uma terceira é insana.

O julgamento perdido (um delírio)

TUDO FOI MUITO LOUCO, CARA, IA DANDO UM ROLÊ UMA NOITE COM a minha bike quando de repente os homi me param, me param mal, pergunto, cara, que foi e os caras me jogam contra o capô do batmóvel, para porra para falo pra eles mas os caras ficam perguntando onde consegui a arma, e a gasolina para que era, e as pedras, os fósforos, cara eu posso explicar eu ficava dizendo, como se a minha mulher tivesse me pegado botando uns chifres nela mas eles cala a boca, cala a boca chinês veado ou fazemos comunismo na sua bunda, aí aparece uma câmera e eu fiquei doido, meu irmão, juro que pensei que iam filmar um pornô comigo, do jeito que estavam loucos esses caras, mas no final não, era a televisão, bom, não sei o que é pior, depois me levaram até a delegacia e veio uma doutora e me perguntou não sei o quê, estava mais louca do que eu, cara, eu não sei o que eu respondi e ela me deu uns comprimidos, claro que não tomei nada, então veio um dos homi e me colocou o cano na cabeça, toma os comprimidos chinês do caralho porque não quero ter que desperdiçar com você uma bala paga com os impostos do povo, claro que tomei como se fosse uma criança tomando achocolatado, cara, não imagina o que foi, foi como fumar uns oitenta baseados de uma vez, eu babava, cara, parecia um cão raivoso, a porrada de besteira que devo ter dito não quero nem imaginar, te digo que estava doidão, depois me enfiaram num calabouço com umas minas que davam medo, claro que eram travestis, uns peitão assim, cara, de vez em quando um policial levava um e trazia de volta uma meia hora depois todo detonado, acho que isso impediu que me fodessem, no outro dia voltou a doutora e me perguntou como eu estava e eu disse que mal, cara, estava todo fodido, cara, juro não conseguia nem acertar o mijo no buraco do banheiro, aí a doutora me dá mais comprimidos e claro que eu tomo, o louco é que rapidinho me sinto o máximo, cara, não sei o que tem nessas pílulas, mas juro que você engole uma e depois não quer parar, são como os Sugus, cara, coloridas e tudo mais, por isso fiquei uns dias tomando esses comprimidos até que me levaram para outra cadeia, depois fiquei sabendo que era um hospício, me contou um dos loucos de lá, o primeiro cara lúcido com quem falei desde que os homi me roubaram a bike, estava preso porque tinha estuprado uma garota, e o cara era o mais tranquilo, outro que estava com a gente tinha matado um vizinho porque o cara colocava a música muito alto e outro tinha matado a mulher e as filhas, não é muito louco?, porque mesmo que eu tivesse incendiado as lojas que dizem que eu incendiei e por mim, se quiser, pode falar aí que eu também incendiei Keybis e também Cromagnon e o obelisco e os pelinhos da boceta da macaca, cara, põe aí que eu sou Juan Domingo Nerón e ando juntando um monte de coisas e logo coloco fogo, cara,

UM CHINÊS DE BICICLETA

mesmo assim parece certo me deixar com todo esse bando de doidos na mesma cela?, mais do que um depósito de delinquentes, isso é uma fábrica, cara, uma escola, você entra sonegador de impostos e sai piromaníaco, entra piromaníaco e sai estuprador, estamos todos pirados, cara, tá entendendo, cara, e não fiquei um fim de semana, fiquei quatro meses, está entendendo?, quatro meses drogado e com esses dementes me queimando o crânio, tudo muito doido cara, e um dia deixam de me dar comprimido e me levam para Devoto, claro que sem me explicar nada, chinês de merda levanta aí, chinês de merda vem por aqui, chinês de merda senta aí, em Devoto me colocaram numa cela com outros chineses, chamavam de cela amarela não sei se porque estávamos nós ou porque tinha um cheiro de mijo que derrubava qualquer um, não nos deixavam tomar banho porque diziam que éramos uns sujos mesmo, cada vez que nos levavam comida tínhamos que encenar uma luta de kung fu, e ainda nos davam as sobras de toda a cadeia, de um jeito ou de outro vocês chineses comem qualquer coisa nos diziam, além disso por que nós argentinos temos de pagar a comida de vocês, além de vir aqui roubar nosso trabalho se fazem de louquinhos e temos de dar comida, nenhum de nós tinha sido julgado mas para eles éramos todos culpados, só quando comecei a fazer a greve se lembraram de que além de chineses éramos seres humanos, ficaram loucos, cara, me levavam bife, tentaram me dar papinha como a um bebê, cara estou dizendo que a greve de fome é pra valer, total, cara, ficam com um cagaço fodido de que você bata as botas ali mesmo e te levam para um hospital e não demora para começar o julgamento, eles dizem que não têm datas para começar o julgamento, mas é óbvio que têm, cara, eu sei o que

27

estou falando, nós somos um bilhão e trezentos milhões e sempre há lugar para mais um, é questão de dar um jeito no assunto, então te digo que o que pega é fazer a greve de fome mas o melhor mesmo é não sair para andar de bike de noite, cara, as pessoas andam muito na neura e depois você é que acaba sendo o louco.

O julgamento (recuperado)

Ganhará aquele que saiba quando lutar
e quando não lutar.

Sun Tzu, *A arte da guerra*

Se não entendi mal, as provas de que Li estava meio louco eram suas respostas a um teste de desenhos, o típico diga-me o que está vendo e te direi quem és, tenho o pior conceito desse tipo de armadilha, tanto na escola como quando tirei a carteira de motorista fizeram esse tipo de teste e sempre caí, a mesma coisa quando me obrigam a desenhar algo nas entrevistas de emprego, nunca pinto o que esperam de mim nem descubro as formas que deveria, também não entendo qual pode ser a relação entre desenhar uma casa com telhado de duas águas ou encontrar um retângulo no meio de círculos e estar são da cabeça, dar importância a algo assim é o que me parece uma loucura. Não sei se Li pensará o mesmo sobre os testes, mas estou seguro de que ele é tão ruim ou pior do que eu ao respondê-los, disse em cada caso exatamente o que não devia dizer, falou de múmias e de vampiros e de ratos, todos sinais de paranoia, ânsia de transcendência e esquizofrenia segundo os médicos, realmente é preciso ser meio idiota para não intuir que não podem significar coisas boas, meio idiota ou totalmente chinês, nada tem o mesmo significado em todas as partes do mundo.

Em vez de insistir por esse lado e demonstrar que Fosforinho não estava meio louco, mas completamente, a um louco não se pode imputar o incêndio planejado de várias lojas, até eu que não entendo nada do tema sei disso, em vez de continuar por esse caminho o dr. Paralini, um homem de uns cinquenta anos com físico de ex-boxeador, terno e calva reluzentes, sobrancelhas espessas, olhos meigos, sorriso sedutor, o dr. Paralini preferiu protestar contra a ausência do médico forense, o primeiro que tinha visto Fosforinho, o mesmo que tinha ministrado os medicamentos sob o influxo dos quais todos os outros médicos tinham montado suas teorias. Mais tarde, protestou também contra a atuação do tradutor chinês, que sabia tão pouco espanhol que Paralini falava mal dele e ele nem percebia, protestou contra a atuação da polícia, insinuando que a detenção foi ilegal e que todas as provas do delito tinham sido inventadas, protestou contra os meios de comunicação, que tinham acossado seu cliente desde a noite da prisão e depois tinham falado de máfias chinesas sem provas, protestou finalmente contra o sistema judiciário argentino, que havia ministrado psicofármacos a um homem são e o tinham trancado sem razões num hospital psiquiátrico de reputação duvidosa, que depois o transladaram a uma prisão comum, mas não deixavam que visse um advogado e que nunca teria chegado ao julgamento se não fosse por ter iniciado uma greve de fome que quase o mata.

UM CHINÊS DE BICICLETA

— Porque meu cliente perdeu 25 quilos, teve que ser internado para não morrer, não é como alguns políticos que dizem que fazem greve de fome e o que fazem, na realidade, é dieta.

— Mantenha-se no tema, dr. Paralini.

Paralini falava bem, muito bem mesmo, a verdade era que dava vontade de levantar e aplaudi-lo, mas os juízes giravam os olhos e bocejavam, dá para ver que a retórica é algo que funciona nos filmes, nos julgamentos sérios ou se apresentam provas ou se cala a boca. Os estudantes de direito também recebiam friamente seu discurso, quando houve um intervalo e saímos para comer eu tinha certeza de que Li ficaria livre e eles de que passaria os próximos anos na prisão, parecia que tínhamos assistido a dois julgamentos diferentes, a futura advogada com a qual teria passado com gosto outro intervalo chegou a me dizer que Li tinha sorte, o promotor o acusara de tentativa de incêndio numa única ocasião mas para ela era evidente que se tratava do autor de todos, para sorte dele não havia provas suficientes para acusá-lo dos outros dez.

— E para sorte dele o julgamento foi aqui, tenho certeza de que na China por muito menos ele já estaria enforcado numa praça pública depois de sofrer a tortura chinesa da gotinha.

— Quer jantar comigo?

— Há?

— Não, nada, bobagem.

O que aconteceu mais tarde já é conhecido, o cidadão chinês Li Qin Zhong, nascido em 1980, entregador de mercadorias de minimercados chineses, todas as contas em dia, sem antecedentes criminais, foi declarado culpado dos dois delitos, tentativa de incêndio e porte de arma de guerra, e condenado a quatro anos de prisão, um a menos do que o solicitado pela promotoria por se tratar de um estrangeiro e de um débil mental, isso é ser piedoso. Eu me lembro de estar indignado, coloquei os fones de ouvido para não ter que falar com ninguém e fui ao banheiro, aí Li me agarrou como se diz com a calça arriada, sua reação surpreendeu a todo mundo mas no fundo foi a mais lógica, se tinha comprado uma arma para se defender dos ladrões era de se esperar que sequestrasse alguém para se defender da injustiça, é provável que até eu tivesse feito o mesmo em seu lugar, naturalmente com a diferença de que não teria arrastado um gordinho sardento e narigudo mas sim a estudante celestial, talvez Fosforinho realmente tivesse problemas de visão.

7

DESDE O INÍCIO DO MEU CATIVEIRO LI SE OCUPOU DE QUE NÃO SE parecesse um cativeiro típico, em nenhum momento me tapou a cabeça nem me trancou num quarto escuro, nunca tive as mãos amarradas, nem sequer me levantava a voz. Tudo muito cavalheiresco de sua parte, mas se vou ser sincero bastante decepcionante para mim, eu me sentia como um jornalista sequestrado no Iraque e já podia me ver com olheiras e abatido lendo alguma declaração pela TV com os fuzis cravados na testa, minha ex-namorada se abraçando arrependida à televisão e minha mãe prometendo a si mesma que se seu filho voltasse vivo pararia de beber e financiaria um novo computador para ele, meus amigos fazendo uma vaquinha para pagar o resgate.

— Senhor, uma moedinha, estamos juntando dinheiro para que soltem o Ramiro.

— Vai trabalhar, seu drogado.

Em vez disso, Li me levou a uma casa de família onde me apresentou como se estivéssemos na China e eu tivesse vindo por um intercâmbio estudantil, ele mesmo se encarregou de montar uma cama e me dar toalhas e mudas de roupa, até chinelos, me sentia num spa. Fomos juntos até o banheiro, pensei que queria me mostrar, mas depois de entrarmos começou a tirar a roupa e fez sinais para que eu o imitasse, dei a entender que ele devia estar mais sujo e que não me importava esperar, insistiu sem prestar atenção no que eu dizia e tive de segui-lo, macho é o que prova e não gosta, eu pensava como consolo. Tomar banho com outras pessoas é algo que não fazia desde meu último acampamento, debaixo do mesmo jorro de água acho que não fiz nunca, e o pior é que Li não fazia nenhum esforço para evitar se encostar, em certo momento até começou a mijar como se realmente estivesse sozinho, eu o imitei resignado, disputamos para ver quem acertava no meio do ralo, à falta de sangue esse foi nosso pacto de mijo.

Depois do banho veio a comida, melhor dito o banquete porque poucas vezes vi tanta variedade, bandejas e bandejas cheias de coisas bem estranhas e bastante apimentadas sobre uma mesa quase na altura do chão, era preciso girá-la como se fosse uma roleta e servir-se, no meio, uma panela gigante com arroz. Por sorte a comida chinesa está na moda e no geral todos conseguimos usar os palitos porque não me ofereceram garfo e faca, mas também uma família argentina não ofereceria a um chinês recém-chegado uns palitos para que comesse nhoque. O complicado na verdade não era comer com palitos, os outros colocavam o pote debaixo dos lábios como se fossem tomar sopa e simplesmente arrastavam a comida, assim qualquer um, o complicado era se sentar no chão com as pernas cruzadas, a barriga e a falta de flexibilidade me impediam de chegar até a mesa, terminei ficando de lado como vi que faziam as mulheres, depois de tomar banho com

UM CHINÊS DE BICICLETA

outro homem já não tinha nenhum tabu. À mesa havia uma criança de uns cinco anos com a cabeça raspada, um velho de barba branca que parecia um ator fantasiado de Confúcio, uma mulher da minha idade com o cabelo preso num coque e os que pareciam ser os pais dela, típico casal de imigrantes jovens que tinham trazido o avô e a filha, que tinha sido engravidada por um vagabundo qualquer.

Terminado o banquete Li se deitou para dormir e me convidou a fazer o mesmo, eu caí desmaiado e quando acordei ele já não estava, já era noite e a casa parecia vazia, digo casa, mas eram dois quartos interconectados que davam a um pátio repleto de plantas estranhas, do outro lado estavam o banheiro e a cozinha que pertenciam à casa e ao restaurante, estava nos fundos de um dos tantos que há no bairro chinês no baixo Belgrano, mais tarde ficaria sabendo que seu nome era Todos Contentes. Caminhei pelos quartos como quem sai para conhecer o hotel ao qual acaba de chegar de férias, uns biombos subdividiam os ambientes para fazer com que parecessem maiores, cada subdivisão tinha sua cama e dava para ver claramente quem dormia onde, o avô onde havia pilhas de cadernos com tabelas cheias de números, o casal onde estava a televisão, a criança onde se empilhavam os brinquedos e sua mãe onde tinha dormido Fosforinho, que era o mesmo lugar onde havíamos comido e onde haviam feito minha cama, dava para ver que era o espaço coringa. O chão estava coberto de tapetes e as paredes de telas, quadros, almanaques, instrumentos musicais e adornos pendurados, especialmente adornos pendurados, dezenas pendiam como chocalhos em um berço e ante a menor brisa produziam um ruído horrível, certamente não pior do que o que depois produziria o aparelho de música, micro system estrondoso típico, como uma armadura medieval com a frente repleta de equalizadores inúteis e luzinhas prostibulares. Ao seu lado havia um espelho rodeado de recortes e fotografias e no canto uma vitrine cheia de budas, contei uns cinquenta, a maioria de plástico, parecia a vitrine de uma dessas lojas de 1,99.

— Bom bonito balato, amigo.

— Não, obrigado, sou ateu.

Só com muito esforço consegui me convencer de que apesar da comida abundante, do sono reparador e da tranquila distância que emanava desses ambientes eu não estava de férias mas sequestrado, com um pouco de boa sorte por um louco piromaníaco e com um pouco de má pela máfia chinesa. Procurei um telefone, mas não havia, estudei as possibilidades de fuga aérea e também não encontrei nenhuma, por fim pensei que talvez o melhor fosse ir embora por onde tinha entrado, provavelmente já tivesse cumprido minha função e agora não fosse para Li mais do que um obstáculo. Na cozinha encontrei com seu sogro, estava pelando frangos e me olhou como se estivesse pelando homens e visse entrar um frango, levantei uma mão para cumprimentá-lo e ele levantou a sua mas para me indicar que voltasse a sair por onde tinha entrado, como flecha indicadora usou uma faca do tamanho de um filhote de crocodilo, bastou esse gesto quase paternal para que eu não só regressasse à minha jaula, mas para que não voltasse a tentar abandoná-la por meus próprios meios, o chinês pode ser um idioma muito persuasivo.

8

Por isso Mozi diz:
se os cavalheiros realmente desejam
conseguir benefícios ao mundo e destruir suas calamidades
não podem fazer outra coisa mais do que proibir coisas como a música.

Mozi, Livro VIII

PENSEI QUE NUNCA MAIS VOLTARIA A VER A LI, TINHA ME ABANDONADO nesse pátio triste como quem deixa o bicho de estimação na casa de um vizinho e assim me tratavam, tinha meu cantinho e pontualmente me davam comida mas ninguém me fazia um carinho nem verbal, se surpreendia o avô ou sua neta me estudando disfarçadamente logo se fingiam de distraídos, a criança passava pelo meu lado com sua bicicleta como se eu fosse invisível, só o cachorro me cheirava de vez em quando, solidariedade de classe como dizem.

— Au au.

— Sim, eu também te amo.

Ariel Magnus

Combati o tédio com meu iPod até que ficou sem bateria, tinha que combater o tédio e também a música, todo o dia o bendito micro system repetia o mesmo disco ou até a mesma canção, típico par de chinesas com voz de criança e chinês com voz de galã resfriado gritando sabe-se lá que coisas sobre um fundo de piano e violinos elétricos, te amo minha vida vamos nos casar e ter um chinesinho e nada mais, viva Mao e o glorioso Partido Comunista, que outra coisa podem dizer. Às vezes mudavam de CD e punham um para a criança, curiosamente nessas músicas o vocalista tinha voz normal, com instrumentos que não pareciam sair de um teclado barato, para mim até que eram bastante boas musicalmente, não sei por que dão algo melhor às crianças se no final terminam vivendo no mesmo mundo de merda que seus pais.

De uma forma ou de outra, a música industrial não era a pior tortura, cada vez que se desce um degrau acreditamos ter chegado ao fundo do poço, mas sempre podemos descer um pouco mais, a escada que leva ao inferno tem tantas faces e é tão imaginativa como a que leva ao céu, a pior tortura era que pelas tardes o dono da faca tamanho filhote de crocodilo, Chao como soube mais tarde, ele se chamava Chao e sua mulher Fan, com esses nomes que servem para terminar abrindo juntos um restaurante, pelas tardes o senhor Chao relaxava cantando em frente ao espelho os mesmos ritmos que maltratavam minhas manhãs, metia um CD instrumental no aparelho de som e começava a gritar no microfone, quando animava começava a se contorcer e a se mexer, o espelho mostrava a imagem lamentável de um homem de quarenta e tantos anos se comportando como um adolescente bêbado, ele deve ter visto Elvis.

UM CHINÊS DE BICICLETA

Agonizante era também o calor, eles se salvavam com o leque, mas meu pulso logo se cansava, além de que usar o leque refresca mas ao mesmo tempo é um exercício e como tal gera calor ou energia, não sei se consigo fechar a equação. Além do leque e da falta de ventiladores, tinham outros métodos para combater o calor, usar pouca roupa era um deles, a criança perambulava nua e o avô andava de cuecas, sua mãe e as costureiras que a ajudavam a confeccionar vestidos de noiva também não ligavam muito para o que vestiam, não me incomodava, mas a verdade é que não havia muito para olhar. O outro método era melecar a testa e os lóbulos das orelhas com um creme mentolado, esse que vem numas latinhas redondas e pequenas de cor vermelha, são vendidas por um peso na rua e prometem curar qualquer coisa, pensei que era para turistas, mas dá para ver que eles também acreditam nas promessas. Um terceiro antídoto contra o calor, o mais original e o menos compreensível, era tomar água quente, não chá ou sopa, mas só água quente, quase fervendo, algo tão asqueroso como o leite fervido com o fraco consolo de que a água pelo menos não forma nata.

A comida em geral era boa embora muito estranha para mim, pensei que iria me acostumar mas o fato é que cada vez me surpreendia mais, não sei se porque eram sempre pratos diferentes ou porque eu me esquecia deles, o mais provável é que seu número fosse limitado mas sua combinação infinita, no escritório minhas companheiras também me faziam acreditar que tinham um guarda-roupa gigante combinando três peças e dois pares de sapatos. Minha sensação em todo caso é que evitavam de propósito o que comem os argentinos e o que os argentinos comem quando saem para comer o que supostamente os chineses comem, a única coisa que nunca mudava era o café da manhã e o café da manhã era a única refeição que eu não conseguia tolerar, pelas manhãs havia invariavelmente chá de jasmim acompanhado por uns pães brancos feitos ao vapor e uns raviólis cheios de carne apimentada, mesmo num mundo sem *medialunas* nem doce de leite teria sido um pecado imperdoável estabelecer isso como a primeira coisa a comer no dia.

— Au au.

— Toma, come você.

Para me entreter depois que fiquei sem iPod jogava o Tangram, esse quebra-cabeça chinês feito de sete partes com as quais se podem armar milhares de figuras, sete mil segundo a lenda, o jogo mais chato do universo até que você fica viciado e aí não consegue parar, com todos os jogos é a mesma coisa e o mesmo aconteceu com a própria vida, se a gente para e pensa dois minutos no que está fazendo, acaba dando uns vinte tiros na cabeça. Por sorte os chineses inventaram não só o jogo com o qual se pode ficar tenso por puro gosto, mas também tudo o que é necessário para acabar com essa tensão desnecessária, a casa estava cheia de aparelhinhos de madeira para fazer massagens em todas as partes do corpo e assim ficava eu, suando na frente do Tangram e depois lixando os pés e as costas com o que encontrava por aí, às vezes fazia isso ao mesmo tempo e no fim das contas não sabia dizer qual das duas atividades me provocava tensão e qual me relaxava.

Televisão assisti no começo, porém mais tarde parei, só viam canais chineses via satélite ou alugavam filmes, o mesmo com os jornais que chegavam de fora, todos em chinês, me divertia um pouco ver as fotos das belezas orientais e buscar paralelos nas famosas locais, ao mesmo tempo tentava imaginar o que falava cada artigo guiando-me

UM CHINÊS DE BICICLETA

pelas poucas palavras latinas, mas no fundo procurava minha foto ou meu nome, não sei se encontrá-los entre esse emaranhado de sinais indecifráveis não teria sido pior. Os primeiros dias eu estava certo de que a polícia estaria me procurando por todo o país junto com os agentes do Mossad que minha ex-namorada teria conseguido através dos contatos de seu pai, imaginava os programas de televisão em que se discutia meu caso e as cartas que me mandavam as garotas apaixonadas, mas só nos primeiros dias, mais tarde a indiferença que suscitava minha pessoa nessa casa começou a se parecer a um reflexo fiel do que devia estar passando no exterior e perdi toda a esperança de algum dia ser achado, agora o que imaginava eram minhas fãs limpando o chão com as camisetas de Free Ramiro, para me distrair de tão negros pensamentos colocava legendas nos diálogos em chinês que escutava por aí.

Diálogo imaginário
das costureiras

— E ESSE CARA DE LEITE, FLOR DE LÓTUS?

    — O Li trouxe, Jasmim de Jade.

    — Para?

    — Engordar e comer.

    — Haha.

    — Mentira. Usamos esse cara de talco para encher as empanadinhas chinesas.

    — Empanadinhas chinesas?

    — Algo que vendemos no restaurante.

    — Ah, e são gostosas?

    — Não sei, eu não como isso nem louca.

    — Alguma vez você provou o mate?

    — O que se passa sobre as bolachas?

    — Não, isso é o patê.

— Patê não é café com leite?

— Não, isso é café latte.

— Que idioma impossível é o espanhol.

— Impossível e complicado de bobeira.

— De bobeira?

— É uma expressão que aprendi outro dia. Significa à toa.

— Como de bobeira existem tantas!

— Hehe.

— O que você diria que parece complicado de bobeira no espanhol, além da multiplicação vã, fútil, frívola de expressões que significam o mesmo que se pode falar sem usá-las?

— Que tenha que falar com a boca. Não entendo isso de andar abrindo e fechando a boca quando temos nariz, que está sempre aberto. Mas você não me disse se provou ou não o mate.

— Não, na verdade trouxemos este cara de giz para que nos ensine a prepará-lo. Viu que se não se domina o mate se fica perdido, ainda mais nós sendo damas.

— É verdade. O mesmo com o churrasco. Se não sabe acender o fogo com um raminho, é um veado.

— É que os argentinos são muito cuidadosos com as coisas importantes. Pensam que são europeus da América Latina, precisam dar o exemplo.

— Cala a boca que foi assim que me trouxeram enganada. É a Paris do Cone Sul, me disseram.

— A outros disseram a Paris da África e agora trabalham num minimercado em Ouagadougou.

— E isso é melhor ou pior?

UM CHINÊS DE BICICLETA

— É mais difícil de pronunciar, no mínimo.

— O mais engraçado é que eu tenho uma amiga que queria ir a Paris e a convenceram de que não fosse, dizendo que era a Buenos Aires da África.

— A Ouagadougou da Europa, você quer dizer.

— Dá no mesmo.

— Dá tudo na mesma do outro lado da Grande Muralha.

— Ai, como sinto saudades de Beijing!

— Ai, como sinto saudades de Xangai!

— Viva Mao!

— Viva o Partido!

— Morte aos japoneses!

— Morte ao Dalai Lama!

— Avante Defe!

— ?!

— Você não acha que quando formos embora daqui vamos sentir um pouco de saudades do baixo Belgrano, da rua Arribeños, do clube atlético Defensores de Belgrano?

— Não. Mas fiquei pensando na rua: Arribeños. Olha que precisa ser espirituoso para instalar um bairro de imigrantes numa rua com esse nome. Gostaria de fundar um bairro argentino em Beijing e colocá-lo na rua Contrabandeño.

— Ou Chantajeño.

— Sim, entre Macheño e Fasceño.

— Cuidado que aos coreanos foi pior: colocaram na Carabobo.

— Estes caras de cocô de pomba.

— Cara de sêmen coalhado.

45

— Cara de baba de cachorro raivoso.
— Não damos ponto sem nó, hein.
— Antes vai passar um camelo pelo buraco de uma agulha.
— Hihi.
— Hoho.
— Jujuy.

Diálogo imaginário
entre avô e neto

> Isto é para causar confusão.
>
> CONFÚCIO, XVIII:151

— PAI DO MEU PAI, UMA DÚVIDA ZUMBE COMO MOSCA NA MINHA cabeça.

— Deixe-me pegá-la com os palitos da sabedoria, filho do meu filho.

— Por que todos comem com garfo e faca e nós com palitos?

— Nem todos comem com garfo e faca, bisneto de meu pai. Os índios, por exemplo, comem com as mãos.

— Com o maior dos respeitos, filho de meu bisavô, sua resposta não me parece pertinente. Comer como os macacos podemos todos, o estranho é que tenhamos escolhido artefatos diferentes para nos civilizar.

— Concedo esta impertinência, pai dos meus tataranetos, e passo a responder a pergunta: nós comemos com palitos porque o garfo e a faca são ferramentas defeituosas. A faca é mais confiável, sempre e quando for grande e afiada como o dente do tigre, mas o garfo não serve. Estou me referindo ao fato de não espetar.

— Mas se eu já o usei e sei com segurança que espeta, esposo da filha de minha tataravó materna!

— Não nego, sobrinho do irmão do meu primeiro filho, que na prática o garfo dá a sensação de que espeta e até eventualmente sirva para levar pedaços de comida à boca, mas de um ponto estritamente teórico é uma fraude.

— Mas se funciona não pode ser uma fraude!

— Essa é a maior fraude de todas, acreditar que como as coisas funcionam o problema acabou. Neste país, por exemplo, nada funciona e, no entanto, tudo continua andando, ninguém nunca consegue explicar como. E ninguém consegue explicar como simplesmente porque não há explicação racional, as coisas andam apesar de que não deveriam andar, do mesmo modo que os carros param onde é proibido parar, andam por pura valentia.

— O que acontece com o garfo é, então, o contrário do que ocorre com o tempo presente, que teoricamente existe, mas, praticamente, não. Típica desavença entre teoria e prática. Da mesma forma não entendo por que diz que o garfo não espeta.

— Porque, se espetassem, os chineses não montariam restaurantes de preço único, que os argentinos chamam de garfo livre. Aí está o negócio: as pessoas acreditam que comem muito, mas na realidade não comem nada.

UM CHINÊS DE BICICLETA

— Evidente, tio avô dos filhos do irmão que nunca tive! Mas o evidente não acaba com o escandaloso.

— Eu sei, cunhado da esposa do irmão que meu filho não quis lhe dar. Sei e por isso peço que seja discreto como uma tartaruga hibernando. O garfo, e sobretudo o garfo livre, são símbolos do globo onírico em que vive o Ocidente. Não gostaria de estar deste lado do mundo quando for espetado.

11

ASSIM PASSAVAM MEUS DIAS CALORENTOS DE CATIVEIRO ENTRE CON-
versas inexistentes e o murmúrio cansativo de um idioma ignoto,
jornais que não sabia ler e música que não aguentava mais escutar, jogos sufocantes e massagens relaxantes ou vice-versa, e antes
de tudo a crescente sensação de ter sido abandonado pelo mundo
ocidental numa ilha deserta ou cheia de orientais, dava na mesma.
Achei que ficaria louco até que ocorreu um fato decisivo, desses que
a princípio não mudam nada, mas permitem explicar muitas coisas.
Foi certa manhã quando saía do banheiro, a costureira queria entrar
e nos chocamos, um percalço inédito até então, que suscitou meu
primeiro diálogo com um membro da família:

— Ui, me desculpe.

— Não foi nada.

— Como? Você fala espanhol?

— Claro.

Ariel Magnus

É preciso tentar se colocar no meu lugar, tinha sido sequestrado por um chinês e enxertado no seio de uma família chinesa onde todos falavam chinês e faziam coisas de chinês, o avô passava o dia fazendo cálculos com o ábaco e a criança se não andava com sua bicicleta, jogava o badminton ou fazia castelos com cartas cheias de ideogramas coloridos, sua mãe confeccionava roupas chinesas de noiva com duas ajudantes chinesas idênticas a ela e o casal Chao Fan passava o dia inteiro cozinhando, até as plantas tinham cheiro de arroz frito. Por isso é preciso se colocar no meu lugar e aceitar que nunca teria imaginado que falavam espanhol, em todo caso eram eles que deveriam ter esclarecido isso e se não o fizeram foi premeditado, Li tampouco parecia saber castelhano durante o julgamento e depois vi que sabia mais gírias portenhas do que eu, sei que não devia dizer, mas em termos de malandragem estes ganham até dos próprios nativos.

Descobrir que minha anfitriã falava espanhol não mudou em quase nada as condições do meu cativeiro, no máximo aliviou alguns aspectos menores do cotidiano, por exemplo se faltava papel no banheiro já não precisava aguentar até que alguém se desse conta ou se me oferecessem água quente podia recusá-la com palavras amáveis, é surpreendente a pouca utilidade do idioma quando temos à mão tudo que é necessário. Serviu, isso sim, para entender que a falta de comunicação entre nós não se devia a impedimentos técnicos, mas a uma estratégia deliberada, foi o que confirmei depois de fazer algumas perguntas e não obter respostas, desde então o silêncio sofreu para mim uma mudança qualitativa radical, continuava sendo silêncio, mas parecia que numa outra escala, me fazia sentir o centro

UM CHINÊS DE BICICLETA

da atenção da apatia chinesa, com o ego tão fustigado como estava o meu, esse duvidoso privilégio me alegrou.

Mas me alegrou ainda mais o regresso de Li, talvez por isso fiquei um pouco surpreso pela frieza ofensiva com que os outros o receberam, sua esposa nem se preocupou em deixar a máquina de costura. Como na vez anterior, Fosforinho voltou a me arrastar até a ducha, já me sentia tão à vontade que estive a ponto de propor que ensaboássemos as costas um do outro, durante o almoço falou sem parar para seis surdos, cinco que não queriam escutar e um que não entendia nada, mais tarde deitou para dormir e me disse para fazer o mesmo, mas desta vez não dei bola, a ideia de me levantar e que ele de novo tivesse ido embora me tirava o sono.

Afinal acabei dormindo, não só porque sempre tenho sono, mas porque Li não acordou, o típico vou dar um cochilo, mas depois continuo até o dia seguinte, deve ter dormido no mínimo umas vinte horas. Tomamos café da manhã sozinhos no restaurante, era a primeira vez que eu saía do pátio em quase duas semanas, abobado olhava pelas janelas como se dessem para uma praia nudista. Li acendeu um cigarro, não com isqueiro, mas com fósforos que tirou de uma caixa gigante Los Tres Patitos, ver a caixa me fez lembrar que também tinha visto o dono da casa arrumando a bicicleta da criança com uma pedra, era verdade então o que Li tinha dito na noite em que o prenderam a respeito do uso que dava às pedras e aos fósforos; Li deu umas tragadas e num castelhano elegante, tão elegante que por um momento tive a sensação de que alguém dublava sua voz, até imaginei que o movimento da boca não coincidia totalmente com os sons que saíam dela, era lógico depois de ver vários filmes de Hollywood dublados em chinês na televisão; Li acendeu um cigarro,

53

deu umas tragadas e em elegante espanhol me colocou a par da situação, disse que tinha se ocupado de averiguar quem eram os autores dos incêndios, que tinha quase certeza de quem eram e que eu precisava ajudá-lo a encontrar os responsáveis.

— Se você quiser ir embora, pode ir — esclareceu —, mas se tiver algo dentro do peito vai ficar e me ajudar.

Não sei se tinha margem para negar, refiro-me não tanto à margem efetiva de agarrar minhas coisas e ir embora, mas à margem moral, Li me deixava livre de um modo que já antecipava reclusões muito mais graves no futuro, reclusões não afetivas, mas morais, viver com a culpa de tê-lo deixado à sua sorte podia ser um cativeiro infinitamente pior.

— Bom, eu fico e te ajudo — aceitei —, mas antes quero que me deixe ligar para a minha família e para alguns amigos. Também quero que me diga quem são os autores dos incêndios, porque acha que foram eles, o que terei de fazer para ajudar a agarrá-los e quanto vamos demorar para resolver o assunto. Além disso, quero saber se você é ou não um soldado da máfia e se é verdade que tem um computador controlado pelo presidente da China na cabeça. Quero que consiga um carregador para meu iPod e me leve para comer um pedaço de carne, estou de saco cheio de arroz.

Li soltou uma gargalhada, deu um tapinha no meu ombro, apagou o cigarro e acendeu outro, voltou a rir e me dar um tapinha no ombro. Nunca me passou o telefone, nem esclareceu minhas dúvidas, não me ofereceu nem mesmo um *choripán* na banquinha da estação de trem.

12

Olha,
o mundo está sendo colocado de cabeça para baixo.

Mao Tsé-Tung, *Poemas*

ONDE LI ME LEVOU FOI AO PUTEIRO, NÃO SEI SE PORQUE ME ENTENDEU mal ou porque interpretou a coisa da carne de forma metafórica, seja como for às nove da manhã não era uma hora que se pode chamar de inspiradora nem mesmo depois de um longo período de abstinência, me surpreendeu por isso encontrar tantos clientes circulando pelo apartamento, ou eram os últimos do dia anterior ou da cintura para baixo seus corpos continuavam respondendo ao fuso horário das antípodas. O prostíbulo ficava a poucos metros da casa da família de Li, não mais do que cem incluindo os verticais, estava no sétimo andar, típico apartamento de família transformado em bordel para adúlteros, dava para escutar as crianças gritando atrás das paredes. Mas havia uma particularidade que me preocupou não reconhecer de imediato, tudo nele era chinês, os sapatos dos clientes esperavam em fila ao lado da porta de entrada, de fato eu tirei os meus sem que pedissem, junto às revistas pornográficas havia uma chaleira com xicrinhas que bebi como se fosse Coca-Cola e a decoração, uma confusão de vermelho e dourado, me pareceu bastante sóbria. Só quando notei que os outros homens me olhavam de um jeito estranho foi que depois de um tempo percebi que era o único branco; imediatamente me senti como um judeu numa mesquita.

— Zhe ge ba?

— Dui-ah.

A garota que caiu comigo não ajudou a reverter minha sensação de estranhamento, a primeira coisa que fez quando Li me apresentou foi rir descaradamente, parecia que nunca em sua vida tinha visto um homem com olhos redondos e cabelo encaracolado. Se a beleza é uma convenção, a verdade é que esta chinesa não acatava nenhum de seus artigos, além de não ter sido favorecida com uma dentição nem muito reta, nem muito completa, era uma reta só, a curva mais acentuada de seu corpo era um princípio de corcunda ao pé da nuca, enquanto ela ria, eu tinha vontade de chorar. Instintivamente comecei a nossa interação com sinais, depois lembrei o erro que tinha cometido durante meu cativeiro e falei em espanhol, melhor tivesse sido falar em língua do pê a uma argentina, pefipeca pede pequapetro, passou rindo o minuto seguinte, voltamos aos sinais.

Deitados e em pleno exercício deixei de parecer engraçado e comecei a causar curiosidade nela, me fazia mudar de posição a cada minuto e não deixava de estudar minhas reações enquanto tentava diferentes formas de massagem e sucção, não queria tirar os méritos de seu notável arsenal de técnicas eróticas, mas me sentia examinado por um médico. Admito que eu também a examinei um pouco, nunca até então tinha feito isso com uma chinesa, a intriga entretanto durou uns poucos segundos, apenas os suficientes para comprovar que não tinham o talho em forma horizontal. Em algum momento, seu interesse anatômico mudou para avidez erótica e começou a me cavalgar com uma fúria alarmante, eu fazia sinais para que ela fosse mais devagar, mas ela interpretava ao contrário e acelerava, depois de uns minutos me triturando com sua pélvis ocorreu o notável, ela gozou, me confirmaram não tanto os gritos alucinados com que anunciou, mas o fato de que dormiu de imediato. Pensei que devia exigir não só que devolvesse o dinheiro a Fosforinho, mas que além disso me pagasse pelos serviços prestados, em vez disso me vesti e saí às pressas como se já tivesse uma próxima cliente esperando, dessa cobro adiantado.

— E como foi?

— Fantástico.

Para que ferir com a verdade quando se pode agradar com uma mentira, Li me deu um tapinha no ombro como um tio satisfeito, e tinha alguma razão, em certo sentido ele tinha me levado para debutar.

13

A maior parte dos habitantes da província de Catay bebe uma
espécie de vinho feito com arroz fermentado e misturado com
especiarias e drogas. Essa beberagem é tão boa de tomar e tem
um sabor tão excelente que é melhor que qualquer outro vinho.

MARCO POLO, II: XXIX

DO PROSTÍBULO FOMOS A UM KARAOKÊ, TAMBÉM A CEM METROS DA
casa de Li, mas para o outro lado e para baixo, ao passar pelo restaurante sua esposa saía com seu filho, a criança o saudou com carinho e tristeza, ela nem olhou para ele, a situação me deixou tão
desconfortável que tive um acesso de espirros. O cheiro de fritura
e incenso ajudou, dava para ver que era domingo ou em todo caso
dia de feira, porque as calçadas começavam a encher de postos de
comida e venda de bugigangas, pela rua não circulavam carros.
O karaokê ficava numa espécie de porão, era um lugar quente e lúgu-
bre, ainda mais quando se entrava da rua fresca e luminosa, a fumaça

de cigarro se fazia notar até nos cantos sem luz. A dezena de chineses que escutava o que estava no palco se virou para me cravar seus olhos bêbados e briguentos, Li conseguiu que eles me perdoassem por ser branco dizendo sabe-se lá o quê, não há perigo é um maldito ocidental mas está do nosso lado, não olhem muito para ele porque logo se apaixona e depois vão ter de tomar conta dele.

Nos sentamos perto de outros dois numa mesa, num gesto não sei se de boas-vindas ou de desprezo nossos anfitriões nos passaram seus copos e pediram outros limpos, Li virou a garrafa até enchê-los, não era a melhor hora para isso mas acabei tomando sem nojo, vinho de arroz, se chama, notável que se possa fazer uma bebida tão gostosa com um alimento tão insípido. Na mesa contígua descobri um homem com uma cara que me pareceu conhecida, puxei pela memória e lembrei que era o mesmo cara que tinha deixado o quarto da minha chinesa antes de eu entrar, não me assustou tanto encontrá-lo ali quanto me dar conta de que distinguia tão bem um chinês do outro que podia dizer com segurança que os dois eram o mesmo.

— Ganbei! — O companheiro à minha direita levantou seu copo.

— Ga... Saúde.

— Você amigo Li?

— Digamos que sim.

— Li gente boa — me esclareceu o chinês como se tivesse notado minhas dúvidas.

— Li está louco da cabeça — opinou o outro.

— O que sabe você, japa flacassado.

— Cala a boca, aborto da natureza.

UM CHINÊS DE BICICLETA

Houve um silêncio e os dois brigões levantaram os olhares, no palco agora estava o Li, chamo de palco uma tábua apoiada sobre caixas de frutas semiescondida por um pedaço de tapete desfiado. Li limpou a garganta e solenemente cuspiu ao lado do palco, nem sequer teve a consideração de afastar o microfone para evitar a trilha sonora de sua asquerosidade, depois acenou com a cabeça e o DJ soltou uma música, chamo de DJ um chinês cujo equipamento de trabalho se limitava a um boné de beisebol com a inscrição malfeita, dizia Draem Taem, um micro system igual ao que tinham na casa do Li, dá para ver que foi conseguido num leilão na aduana, e o clássico case com CDs piratas, ou melhor, caseiros, não é questão de ser moralista.

Reconheci a música desde os primeiros acordes, era um dos que tinha escutado até a exaustão na semana anterior, a imagem de Li cantando fora de tom a essa hora e nesse lugar me deixou bastante deprimido, mas perceber que tinha ficado tão erudito em música chinesa a ponto de ter condições de distinguir que alguém cantava fora de tom me deprimiu ainda mais, certas coisas é melhor ignorar.

— E como você chama? — O chinês da direita começava a conversar comigo.

— Ramiro.

— Meu nome é Chen e ele é Lito, o pamoso Lito Ming, conhece?

— O seu nome é Che — interveio o outro, arrastando as consoantes —, cortaram o ene.

— Fecha sua boca, inferiz.

— Não se altere, eunuco.

61

Eles me fizeram rir com o que diziam um ao outro, me comovia além disso que se preocupassem por falar em um idioma que eu entendesse, pensei nesses grupos de música que cantam em inglês para conquistar o mercado internacional e ao final conseguem perder o do próprio país. Formavam uma clássica dupla desigual, Chen era rechonchudo e tinha a estatura exata para que seus pés conseguissem tocar o chão e o crânio ficasse um pouco acima da mesa, Lito por outro lado era alto e tinha a pele grudada nos ossos como papel molhado, os dois pareciam feitos da mesma massa, uma já esticada enquanto a outra ainda em forma de bolo. Clássica era também a oposição entre os rostos, o magro cadavérico parecia vir de ou se dirigir a um enterro enquanto o gordinho com jeito de noivinho de bolo de casamento emanava uma alegria e um otimismo absurdos para o lugar, como um pai de primeira viagem que ainda não sabe que a esposa espera trigêmeos.

Li terminou uma música e arrancou com outra, surpreendentemente as pessoas não iam embora nem atiravam coisas, nem dormiam sobre suas mesas, estavam escutando com bastante atenção, me perguntei o que faria o cantor original se de repente entrasse na sala e respondi que talvez não houvesse cantor original, o primeiro que gravou a música também estava karaokeando, desde o início tudo é um cover de um cover de um cover, em matéria de canções e de objetos eletrônicos e de tudo, por isso os chineses parecem não ter remorso por se dedicar quase exclusivamente ao plágio e à imitação. Meus anfitriões pediram outra garrafa de vinho de arroz, teor alcoólico 23%, entre esse néctar que queimava minha garganta e a música que rasgava os meus ouvidos, tive um momento de epifania, me vi

escapando pela porta, a imagem foi tão viva que me assustei e preferi
ficar sentado onde estava.

— É você quem vai ajudar o Li? — perguntou agora Lito, que
não tinha nem sotaque.

— Digamos que sim.

— Folam judeus — informou Chen, que era mais difícil de entender.

— Isso é o que diz o Li, eu digo que foi ele.

— Vingança judia. — Chen moveu os braços, de repente ani-
mado. — Amijai um rado, Multicorol outlo, pinça, tchau.

— Ei, Chen, lembra o que fizeram com você, já se pode dizer
que é meio judeu.

— Sirêncio, desglaçado.

Continuaram se insultando, mas agora em chinês, ou talvez em
chinês estivessem dizendo coisas lindas um ao outro, deveria existir
um idioma para cada tipo de diálogo ou para cada estado de espírito,
em vez de palavras más e palavras boas em cada idioma teríamos palavras neutras que ditas em brasileiro falariam da alegria e do amor, e
ditas em alemão, do ódio e da guerra.

— E vocês conhecem o Li de onde? — perguntei desta vez para
que deixassem de discutir.

— Conta para ele, aleijado acabado.

— Conta você, Hiloshima, luínas vivas.

História de Lito Ming
segundo Chen

LITO MING ERA O PRIMEIRO ATOR CHINÊS DA ARGENTINA, AO MENOS assim foi chamado no programa de televisão que o lançara à fama, Cha Cha Cha se chamava o programa, para Chen era surpreendente que eu nunca tivesse ouvido nenhum dos dois nomes. Apesar do título honorífico e ainda mais da aparência, Lito Ming não era chinês, mas japonês, e Chen não sabia se isso falava mal dos japoneses ou era um elogio aos chineses, em todo caso não ajudava a combater a confusão generalizada entre orientais de diferentes latitudes. Tinha nascido em Osaka, num ano que variava conforme se visse frente a um jovem musculoso ou ao serviço militar obrigatório, Lito argumentou que era porque no Japão os anos são contados de forma diferente, mas Chen me assegurou que era por charme e covardia, respectivamente. Aos dez anos havia emigrado com sua família, supostamente para o Peru, mas depois acabaram sendo deixados na Argentina, para não admitir que tinha sido enganado, seu pai morreu convencido de que Buenos Aires era Lima e de que o Rio da Prata dava para o Oceano Pacífico.

Lito Ming, que na verdade se chamava Nokusho Yakamaki e tinha ingressado ao país como Carlos Saúl Neschi, entrou na primeira série com onze anos, passou para a segunda quando tinha catorze e chegou à quinta com dezenove, nunca chegou a fazer a sexta. Chen não sabia por que Lito insistia de todas as maneiras em dizer que tinha terminado o ensino médio com a idade normal de dezoito, talvez — tentava explicar — porque no Japão não só a contagem dos anos é diferente, mas também o sistema de notas, além da estrutura escolar e das penas por falsificação de currículo.

— Eu nunca tive que apresentar um currículo para conseguir um emprego.

— Você nunca conseguiu emplego de nada.

Quando era pequeno, Lito começou a trabalhar na tinturaria de seu pai, prosseguiu Chen, quando ficou maior passou para a tinturaria de um primo e ainda maior à de um conhecido do primo, e assim teria seguido sua sórdida carreira circular pelas ligas inferiores da tintureirística argentina se por acaso não tivesse entrado em contato com uma banda de música chamada precisamente Los Tintoreros, Chen se mostrou surpreso por neste caso eu conhecer o nome e acreditar que se tratava de um grupo chinês, o primeiro falava muito mal de meus gostos musicais e o segundo da minha sensibilidade social, o último chinês que tinha tentado abrir uma tinturaria em Buenos Aires tinha acabado como o primeiro japonês que tentou abrir um minimercado.

UM CHINÊS DE BICICLETA

A passagem de Lito Ming da tinturaria ao rock e do rock à televisão tinha acontecido muito rapidamente por uma série imprevista de confusões afortunadas ou por uma série afortunada de confusões imprevistas, isso Chen deixava a meu critério, parece que o cantor da banda vivia em cima de uma tinturaria onde Lito trabalhava e certa vez, quando um jornalista foi entrevistá-lo, Lito, cujo domínio do espanhol era mínimo para não dizer nulo, colocou-se involuntariamente no lugar do baixista e deu uma entrevista hilária que fez história, eu já devia saber que os roqueiros são como os políticos, quanto mais incoerência dizem mais são adorados pelas massas. Por um sinuoso caminho que Chen não quis contar para não me cansar, a entrevista chegou às mãos do ator Alfredo Casero e este convocou Lito para participar de seu programa Cha Cha Cha, Chen se surpreendeu por eu só conhecer Casero como cantor, ele o conhecia só da televisão.

— É as duas coisas — intercedeu Lito —, ator e cantor. Mas antes de tudo é o gordinho mais agradável e mais intratável que conheci na minha vida.

Um ano tinha durado o sonho televisivo de Lito e nesse ano a tela tinha lhe dado tudo, o nome artístico e a impossibilidade de se desenvolver como artista, o dinheiro e a paixão pelos entorpecentes caros, as mulheres fáceis e as aberrações sexuais, a fama e a humilhação. Mas, assim como deu tudo, acrescentou Chen, um tanto atribulado, a televisão também tinha se encarregado de tirar tudo, primeiro a tristeza por nunca ter aparecido numa tela e depois a vontade de viver por ter aparecido, primeiro a angústia por repetir todos os dias o mesmo trabalho e depois o gosto por uma boemia ainda

Ariel Magnus

mais rotineira, primeiro a angústia por estar condenado ao mais perfeito anonimato e depois a alegria pela absolvição apenas presumida que implica ser conhecido por um nome falso que será esquecido por muito mais pessoas do que as que recordarão o verdadeiro.

Desde então Lito era uma ruína viva, um infeliz fracassado que sobrevivia apenas compondo mangás fajutos, alternativos segundo Lito, mangás eram as histórias em quadrinhos japonesas, minha falta de cultura geral deixava Chen espantado. Seu outro bico, ao qual tinha sido encaminhado generosamente por Chen, era atuar como cliente chinês nos restaurantes do bairro chinês, zona na qual tinha procurado refúgio depois de ser expulso da sua família e também da sua estirpe. Tinha conhecido Li neste mesmo karaokê, mas nos tempos de glória do local, quando tinham projetor e na tela gigante aparecia o vídeo da música com as letras das canções ficando coloridas à medida que chegava o momento de cantá-las, eu não conseguia nem imaginar como tudo devia parecer diferente naquele momento. E a ele, Chen, tinha conhecido anos atrás no escritório de advocacia que representava a causa Neschi contra o Estado argentino, depois Lito me explicaria o que era isso, mais um pouco de vinho?

História de Chen segundo Lito Ming

Se ele, Lito, não era, como tinha dito Chen, apesar das aparências, um chinês, Chen, que era chinês, não era, por outro lado, também apesar das aparências, as de sua roupa pelo menos, homem. Tinha nascido, como Li e como quase todos os chineses oportunistas que estavam invadindo a Argentina havia uma década, cinquenta mil era a cifra oficial mas Lito achava que isso não cobria nem um quarto da cifra real, tinha nascido na província de Fujian, que era como se me falasse Jujuy ou Chaco, uma das mais pobres da China. Vítimas dessa pobreza extrema e de uma ignorância ainda maior, ou talvez para deixar evidente seu sonho de ter uma menina, em todo caso induzidos pela paixão que o menino Chen sentia pelo canto, segundo a lenda cantava até quando dormia e ao que parecia com notável afinação, seus pais decidiram facilitar o caminho do êxito musical num gênero menos extinto do que se acredita, o dos castrati.

De fato, acrescentou Lito com pena após uma pausa de profunda comiseração, tinham cortado os testículos de Chen, tão mal que no entusiasmo os médicos, que obviamente não eram cirurgiões de verdade, mas meros curandeiros e mesmo isso era duvidoso, arrancaram também seu membro. O episódio não seria totalmente trágico se graças a essa desagradável incursão em sua masculinidade Chen tivesse alcançado o ápice da carreira e salvado sua família da miséria, mas a triste realidade era que assim que completou quinze anos a voz mudou como a de qualquer homem com as bolas no lugar e Chen só servia para tenor e um bem medíocre ao que parece.

— E quem diz isso?

— Eu diz.

Segundo Chen averiguou muitos anos depois, já na Idade Média, não era incomum que o experimento fracassasse, razão pela qual terminou proibido até no Vaticano, seu primeiro e principal promotor. O tabu, como era de se esperar e como seu próprio caso atestava, nunca foi respeitado e só serviu para que os traficantes de castrati, da mesma forma que os de cocaína, pudessem manter os preços altos e seus produtores relegados à marginalidade.

Depois do fracasso, as mesmas pessoas que prometeram à família de Chen comercializar seu filho no mundo do canto se ocuparam de recolocá-lo no não menos rentável mercado dos eunucos encarregados de cuidar de haréns, outra das profissões que Lito, até conhecer Chen, e eu certamente até esse momento acreditávamos estar extintas, mas que continuavam sendo tão necessárias e requisitadas quanto nos tempos da Mil e uma noites. Foi assim que Chen foi levado ao bairro de Dafen em Shenzhen, do outro lado de Hong Kong, lugar famoso por reunir a maior quantidade de copistas do mundo, cerca de dez mil segundo os cômputos oficiais embora Lito sustentasse que o número real certamente era o dobro. Todos em Dafen se dedicavam a fazer cópias em óleo de pintores famosos, naturalmente, todos menos os que tinham tido a ideia, entre eles Huang Jiang, um dos homens mais ricos à margem sul do rio Amarelo.

Sob as ordens deste senhor Jiang, Chen entrou para trabalhar com dezessete anos, sua tarefa consistia em proteger as mulheres do chefe do assédio de seus guarda-costas, de quem terminaria adquirindo o gosto, para usar suas próprias palavras, pelas aberrações sexuais. Posto que seu físico não servia para amedrontá-los, Chen tinha optado por seduzi-los, em troca de que não tocassem nas mulheres deixava que tocassem nele, a princípio com um certo ceticismo, mas depois com verdadeira paixão os guarda-costas aceitaram a oferta e se esqueceram das concubinas, que cheias de ódio acusaram Chen de proezas fisicamente inadmissíveis e fizeram com que fosse demitido. Neste ponto, Chen fez a ressalva de que a história tinha sido diferente, não dele em relação aos guarda-costas, mas dos guarda-costas em relação a ele é que havia ocorrido a sedução, para chamá-la de algum modo civilizado, e não foram as concubinas mas sua própria audácia que havia permitido que escapasse das garras do senhor Jiang, cujas preferências sexuais não se distinguiam muito das preferências daqueles que cuidavam das suas costas, no sentido mais amplo. Mas dava no mesmo, acrescentou Chen, se Lito encontrava prazer em tergiversar a história que a tergiversasse, Chen não seria o algoz que tiraria alguns poucos momentos de diversão que ainda sobravam na sua desgraçada vida.

— Prefiro uma vida desgraçada a um corpo mutilado.

Ariel Magnus

— Pala vida não há plótese.

Seja como for, retomou a palavra Lito, Chen tinha escapado para a Argentina no fim dos anos noventa e desde então desempenhava com invejável êxito o cobiçado cargo de repositor no minimercado de uns parentes, se ele estava tão bem-nutrido não era, no entanto, graças à fortuna que ganhava arrumando em fileiras as latas de ervilhas mas a um bico que, apesar do que tinha dito Chen, tinha sido ideia de Lito, e que consistia em ocupar, em troca de comida, a primeira mesa dos restaurantes da região, que melhor publicidade para um estabelecimento chinês do que ter um chinês sentado na entrada.

A salvação, e agora Lito falava dos dois, não estava, no entanto, nos jantares grátis, nem nos minimercados, nem nos mangás alternativos, mas no julgamento do qual Chen tinha me falado, que também havia entrado no país com o sobrenome Neschi, quer dizer, chinês ao contrário como eu certamente já tinha percebido, pior ainda com os nomes Juan Domingo. Um advogado tinha descoberto a palhaçada e reunidos todos os Neschi, uns vinte no total sem relação alguma de parentesco sanguíneo, agora estavam processando o Estado argentino por discriminação, danos morais e mais um monte de coisas, as infrações penais são infinitas como as do Tangram.

16

QUANDO SAÍMOS DO BOTECO, O MERCADO ESTAVA EM SEU PICO, apesar do calor as pessoas se apinhavam nos comércios e faziam fila nas barraquinhas de comida, o cheiro de fritura se misturava com os dos doces e o de incenso, uma dupla de músicos de rua disputava o espaço acústico a uma distância estratégica para não se atrapalharem, mas também não se deixavam em paz. Fiquei surpreendido ao ver quase a mesma quantidade de ocidentais que de chineses, deste lado do balcão, mas também do outro, do lado dos vendedores dava para distinguir sem olhar na cara, enquanto os chineses andavam de jeans, os brancos estavam vestidos com roupas típicas do Oriente, pareciam soldados com seus uniformes verde-oliva que não tinham sido avisados de que iam para a neve.

Os chineses da multidão passeavam com o cigarro pendurado nos lábios e as mãos nos bolsos, os pés ligeiramente abertos e o abdome um pouco protuberante, alguns olhavam o passeio dos outros acocorados no meio-fio e cuspindo a intervalos regulares, descansar de cócoras onde todos cospem é ideal porque não se toca o chão mais que com a sola dos sapatos. Entre os homens havia muitas calças de cor bege e camiseta polo lisa, alguns combinavam bermudas com mocassins desproporcionalmente longos para a altura de seus corpos, os óculos escuros nunca em frente aos olhos mas um pouco afastados, como se fossem de leitura, não ficam mal. As mulheres iam muito mais coloridas, talvez demais, não só no aspecto indumentário mas também no facial, devem usar uma caixa inteira de cosméticos cada vez que saem, embora fossem todas pequenas, não vi uma única com salto alto, pareciam competir por quem levava a menor bolsa. Isso entre as pessoas um pouco mais velhas, os adolescentes por outro lado eram como qualquer adolescente, cabelo tingido e cuidadosamente despenteado, roupa escolhida a dedo para parecer que é casual e o celular na mão, as orelhas obstruídas embora não tivesse visto nenhum com os fones brancos do iPod, graças aos céus ainda restam elementos que marcam diferenças entre nós e o resto. Além dos adolescentes e dos quarentões se destacavam os casais jovens e os pais de primeira viagem, elas com o jeans apertados, mas sem nada para recheá-los por trás e eles com cinturões de fivelas douradas, também estavam os típicos solteiros observando as chinesinhas que poderiam ser suas filhas e os pobres-diabos, solitários e malvestidos, os olhos famintos de companhia e amor. Entendi por que havia tão poucos velhos na rua quando passamos em frente a um clube, Associação taiwanesa dizia um cartaz, pela porta entreaberta dava para ver as senhoras dançando de mãos dadas e os homens sentados numa mesa de frente para fichas estranhas, no fundo jogavam pingue-pongue.

Do karaokê até a barraquinha de frituras à qual Li queria nos levar não havia mais do que um quarteirão, mas demoramos quase

UM CHINÊS DE BICICLETA

meia hora para chegar, o problema não era a quantidade de pessoas mas a quantidade de gente conhecida, quando não era Li era a vez de Lito ou de Chen, sempre alguém reconhecia ou era reconhecido por outro e tinha de parar para fazer as saudações de praxe, o que mais chamava a atenção era ver como variavam as formalidades de acordo com o grau de parentesco, no fim eu já tinha aprendido como se dizia olá e tchau em chinês e também como está a família, bem obrigado e a sua, vamos indo, aguentando. Durante um lento trajeto cruzamos com um passeador de cachorros, levava quatro cães pequenos, assumo que pequineses, falava com eles em chinês, eu acreditava que os chineses não passeavam com cachorros, só comiam; também ficamos falando com um distribuidor de jornais que acariciava os pelinhos sobre os lábios como se fossem bigodes espessos de motoqueiros, o mal-educado deu jornais a todos, menos a mim, ofendido arranquei um da sua mão, depois não sabia o que fazer com ele, estava todo em chinês; quase chegando me apresentaram a um gordo feio como um sapo com cara de que mataria quem o descrevesse como um gordo feio como um sapo, desceu de uma caminhonete de vidro fumê e a primeira coisa que fez foi um gesto com as mãos, queria fogo para seu cigarro, não entendi de imediato por que em vez de fazer o gesto do isqueiro fez o do fósforo raspando a caixinha, com um carro desses e não tinha nem um desses isqueiros chineses que são vendidos na rua a cinco por um peso.

Comemos umas patas de pato caramelizadas com suco de soja num local que se chamava Comida Chinesa, que está bem ao lado da churrascaria, o típico chinês com o típico argentino, o nome me pareceu engraçado de tão sério que era e perguntei se em chinês se chamava igual, Chen me disse que não e que o mesmo acontecia com todos os locais do bairro, eram traduzidos com a mesma liberdade com que se traduziam os títulos dos filmes, por exemplo Dragão portenho era a tradução de Lembrança da minha aldeia natal, Jardim Oriental se chamava em chinês a Vida sem você e o lugar onde estávamos, Comida Chinesa, respondia a algo como O sonho de mãe feito realidade com muito amor por seus filhos Tsui e Tse-Pin, o único restaurante com nome genuíno aparentemente era o meu, Todos Contentes, com a diferença de que a expressão tinha em chinês não um tom pueril, mas explicitamente erótico. Mais tarde Lito, que tinha escutado as explicações de Chen sem interromper, me explicaria que na China os restaurantes não têm nome, chamam-se invariavelmente Lugar para encher a barriga, e o mesmo acontecia com os do bairro chinês, os nomes em castelhano tinham sido postos por algum inspetor municipal.

— Também é preciso ter cuidado com os guardanapos, os copos, tudo. Eu não compraria nada que tivesse caracteres chineses. Nem muito menos faria como os tontos que se deixam tatuar kanjis na pele. Colocam qualquer coisa, às vezes até sem querer.

Fazendo o caminho de volta, paramos em outro lugar para comer umas bolas de peixe frito com molho agridoce e num terceiro, quase em frente ao karaokê e já como sobremesa, uns petiscos recheados do que um cartaz pintado à mão anunciava ser massa de aduki, tudo isso financiado por Li, que parecia em campanha eleitoral pelo cargo de tio generoso. Voltando outra vez para o lado de Comida Chinesa provamos uma segunda sobremesa, outra vez um bolinho, mas cheio de algo mais doce, e entramos depois numa galeria cheia de locais cheios de chineses, aqui sim, um branco não tinha nada que fazer. Na entrada havia uma biblioteca de mangás, do piso ao teto

UM CHINÊS DÉ BICICLETA

todo cheio de cadernos de quadrinhos, era atendida por um chinês de óculos quadrados e uma chinesa de cabelo grisalho, tinham um Mac de onde saía um jazz suave e acolhedor, Lito os cumprimentou e me mostrou os quadrinhos que ele tinha criado, estavam todos juntos num canto, não pareciam muito requisitados. Queria ficar um pouco mais na biblioteca, mas Li me arrancou dali para me levar a um estúdio de fotografia que tinha ao fundo da galeria, me disse que queria tirar uma foto comigo, para enfiar alfinetes quando um traísse o outro, brincou, depois soltou uma gargalhada tão contagiosa que me fez chorar de rir, nos abraçamos em frente a um fundo gigante da muralha chinesa e sorrimos, no outro cubículo faziam um book para uma chinesa vestida de noiva, acho que reconheci a roupa na qual a mulher de Li tinha estado trabalhando na semana anterior.

— Li — decidi falar enquanto esperávamos que a Polaroid secasse —, Li, eu agradeço tudo que está fazendo por mim para que me sinta bem, mas realmente me sentiria melhor se, em vez de perder tempo e dinheiro comigo, você se ocupasse da sua esposa e do seu filho, faz uns quinze dias que você não aparece e dá para notar que sentem sua falta.

Li tirou o cigarro da boca para sorrir com mais liberdade.

— Se eu tivesse esposa e filho aqui na Argentina já teria fugido para a China há muito tempo.

17

— Tileoides, costas, muito estlesse, necessita dolmi.

O consultório era pequeno e estava cheio de gente, no espelho se refletia a fila dos que iam se consultar, nós quatro no final. O médico que acabava de dar seu diagnóstico tinha o avental aberto e a escassa cabeleira revolta pelo ventilador de teto, de um lado da mesa uns livros usados o bastante para haver dúvida sobre a atualidade de seu conteúdo e diante dele um aparelho que os cartazes na rua divulgavam e com o qual ele prometia explicar aos pacientes, por cinco pesos e em dois minutos, todos os seus problemas.

— Ai, doutor, vai me falar algo bom desta vez?

— Falá bom?

— É que sempre que venho aqui o senhor me diz que tenho este problema e o outro problema e o outro, mas nunca me diz que sou linda ou que já me curei.

O médico parecia se esforçar para compreender não o que estavam dizendo a ele, isso estava completamente fora de seu espanhol, talvez também de seu senso de humor, o que naturalmente falava muito bem dele, mas por deduzir como devia reagir frente a isso que estavam dizendo e que ele nunca compreenderia, se de forma alegre ou de forma colérica, nesse sentido todas as palavras da mulher não valeram o mesmo que o sorriso que deu quando acabou de falar, o médico reagiu com um riso tão desmedido que fazia temer por suas eventuais reações quando um paciente se queixasse de verdade.

— Sim, sim, bom.

— Então, vamos lá.

A piadista apoiou as mãos sobre o aparelho milagroso, a esquerda com a palma para baixo e a outra com a palma para cima, o aparelho era formado por uma base branca da qual sobressaíam duas almofadinhas cinza separadas por um botão de girar preto e outro vermelho, o primeiro correspondia ao sinal de menos e o segundo ao sinal de mais, típica economia russa de recursos, não ficaria surpreso se a descobrisse em algum filme futurista dos anos cinquenta.

— Sente fisgada cócegas dor avisar.

O chinês levantou uma espécie de lápis com ponta de ferro que estava preso à máquina por um cabo vermelho e o aplicou em diferentes pontos da mão direita, um cartaz colado numa parede ilustrava a que parte correspondia cada um desses pontos, a base do dedo anular eram os pulmões, a base da mão o saco, no meio coincidiam o intestino e o coração, curiosamente nenhum correspondia à mão em si.

— Tileoides, útelo, omblo, muito estlesse — diagnosticou depois de terminar o check-up. — Necessita dolmi.

Passaram mais quatro pessoas antes de que fosse minha vez e em todos os casos o processo era o mesmo, os pacientes reagiam a duas

UM CHINÊS DE BICICLETA

ou três alfinetadas, o médico escolhia duas ou três partes danificadas, uma delas era sempre a tileoide, diagnosticava muito estlesse e mandava que fossem dolmi. Devo ter sido o único que notou essa regularidade duvidosa porque todos levavam a sério as palavras do médico e afirmavam contritos que, de fato, faltava descanso, agradeciam efusivamente e se retiravam contentes e renovados como depois da sesta que poderiam ter tirado nesse momento, de graça.

Meu ceticismo não podia ser maior quando foi minha vez de me sentar à frente da máquina, apoiar as mãos sobre os montinhos eletrificados e ouvir o já clássico sente alfinetada cócegas dor avisar, mas para minha surpresa a rotina mudou, tirando dois ou três pontos insensíveis senti alfinetada cócegas dor em todos os cantos da mão. O médico a princípio me olhava com curiosidade, depois com pena e no final já com desprezo, cortou o exame pela metade e me disse que tinha todos os órgãos avariados, tileoides rim pulmões plóstata costas cintula, se não escutei mal até me apontou problemas de útelo, o diagnóstico e a cura eram, no entanto, as mesmas.

— Muito estlesse necessita dolmi.

Devo confessar que estar tão mal de saúde até para um médico ou, digamos, um homem de avental branco que não me despertava nenhuma confiança causou um impacto negativo na minha autoestima da mesma forma, ninguém gosta que o chamem de feio mesmo que o insulto venha de um monstro, muito menos diante de tanta gente. Para me consolar, pensei que talvez todos sentissem dor em todos os pontos da mão mas não dissessem, as pessoas mentem até para o psicanalista e quem sabe se não com razão, fazer os outros acreditarem que estamos sãos é uma forma não muito ortodoxa mas às vezes eficiente de ir se curando.

81

Por causa da notícia ou pelos choques do lápis, talvez simplesmente porque acabara de comer ou por tudo que tinha tomado, nem bem me levantei da banqueta um sono descomunal me invadiu e quis me deitar naquele instante, é estranho mas não senti saudades da cama da minha casa, mas da do meu cativeiro, isso se explica porque estava mais perto. Por isso, nunca deixarei de agradecer a Li por ter pagado uma sessão de massagem, depois das consultas só para Lito e para mim porque Chen tinha desaparecido, suponho que foram massagens porque entramos num consultório com macas e vi umas chinesas untando as mãos com talco, depois que me joguei na maca não senti mais nada, tranquilamente poderiam ter tirado um rim meu para vendê-lo no mercado negro ou, digamos, amarelo.

18

Fiz a piada um pouco mais tarde, estávamos a ponto de entrar num prédio da rua paralela ao mercado, a verdade é que caí morto, disse, poderiam ter tirado um rim para vendê-lo no mercado amarelo que eu nem perceberia, e apalpei o corpo para comprovar que minha suspeita não fosse verdade. Para Li meu comentário pareceu não ter nenhuma graça, olhou para os lados como se o que eu disse e o ambiente fossem incompatíveis, duas paralelas que não se juntam nem no infinito, Lito me tranquilizou com o típico gesto de agora cala a boca, depois explico.

— Mas se...

— Shih...

O prédio parecia um colégio, mas era um templo, eles o chamam de mosteiro, subimos uma escada e no mezanino tiramos os sapatos, os chineses tiram os sapatos como nossos pais tiravam o chapéu, eu me pergunto se na China também será costume tirar um pouco o sapato esquerdo cada vez que se cruza pela rua com um conhecido, é preciso estar atento a sempre ter as meias limpas. Um par de degraus mais acima e entrávamos no mosteiro propriamente dito, umas trinta pessoas sentadas no chão oravam de frente a uns budas imensos que supostamente eram de ouro mas deviam ser de algum material menos nobre, plástico e isopor é meu palpite, não só pela questão dos custos, mas porque a metade de seu peso em metal teria bastado para derrubar toda a construção. Pendurados no teto dos dois lados do recinto se alinhavam um tambor e um sino, ambos tão grandes que beiravam o ridículo, como se tivessem sido desenhados não para uso dos paroquianos, mas para distração dos budas, com essas figuras elefantinas e as flores de lótus visivelmente falsas que decoravam o altar, a sala parecia um parque temático sem um só objeto que não fosse uma imitação, talvez a ideia era precisamente insistir em que estávamos dentro de um templo onde tudo, e não só Buda, era uma questão de fé.

Li foi até o meio da sala e eu me sentei com Lito perto das janelas do fundo, em seguida descobri Chen perto do altar, estava acompanhado por uns homens de preto que pensei que eram monges, embora eu tenha achado estranho que não usassem seus típicos tecidos laranja, as colunas que sustentavam o teto estavam pintadas com caracteres chineses, talvez aí estivesse a explicação. Chen parecia conduzir os cânticos, de vez em quando sua voz se destacava sobre as outras e dava início a uma nova passagem, tinha um registro bastante agudo para ser um homem embora não o suficiente se sabíamos o que tinha sacrificado para isso, de repente, entendi o que tinham me contado e foi como se durante a sesta não tivessem me extirpado o rim mas outra coisa, não sei se com isso teria feito piadas.

UM CHINÊS DE BICICLETA

Como se lesse meu pensamento, Lito me deu uma cotovelada para explicar por que minha piada tinha sido errada, aparentemente muitos dos presentes não eram budistas, mas seguidores de uma religião que se chamava Falun Gong, inventada por um chinês há alguns anos e como em muito pouco tempo tinha conseguido milhões de adeptos o governo chinês entrou em pânico e, acusando-os de formar uma seita anticomunista, começou a persegui-los, primeiro matavam mas ultimamente tinham adotado a modalidade de trancá-los em campos de concentração e ir extirpando seus órgãos um a um para depois vendê-los pela internet, ao menos era isso o que eles diziam e por eles Lito se referia também a Li, por isso minha piada tinha sido, como se diz, inapropriada.

— Falar que a irmã dele chupa muito bem teria sido melhor.

— A irmã de Li está aqui ou na China?

— Sei lá. Nem sei se tem irmã. Foi uma piada. Não tão boa como as suas, mas também não foi tão difícil de entender.

Quis insistir sobre o tema porque ainda não conseguia aceitar que as pessoas que tinha acreditado serem a família de Li na realidade não eram, mas de repente o culto religioso tinha terminado, pelo menos as pessoas começaram a sair do recinto como se algum dos budas tivesse ameaçado soltar um peido. Caos no mezanino, todos tentavam colocar os sapatos ao mesmo tempo, alguns conseguiam sem usar as mãos, outros se ajudavam com uma enquanto desciam aos pulinhos os degraus sobre o pé já calçado, as crianças deslizavam pelo corrimão. Quando cheguei embaixo entendi tanta pressa, sobre uma mesa esperavam tupperwares cheios de doces, dava para notar que alguns tinham levado os seus e agora estavam compartilhando, notava-se também que a religiosidade dos que não tinham levado em nada dependia desse costume.

— Os melhores doces do mundo — contou Lito —, prove e você vai ver que esquecerá para sempre o doce de leite.

Agradeci, mas recusei, não tinha fome nem vontade de esquecer para sempre o doce de leite, já fora bastante o que eu exigira do meu pobre estômago na semana anterior para agora colocar em risco o último bastião que restava da argentinidade palatal. Entre os paroquianos descobri uns dois ocidentais, os únicos vestidos de laranja, eram muito parecidos, ou ao menos isso me pareceu, talvez o preço de distinguir os chineses fosse começar a confundir os brancos. Gostaria que me explicassem como tinham chegado até esse lugar mas temi que depois me perguntassem o mesmo, me inquietava além disso que sua história pudesse ser tão inadmissível quanto a minha.

Perambulando pelas instalações enquanto os outros lutavam pelos últimos doces encontrei alguns cartazes em castelhano, num estavam listadas as dez más ações, a número sete era desprezar os que são feios, em outro cartaz de cor amarela dizia que para alcançar a sabedoria e a confiança em si mesmo bastava repetir o mantra Namo Amitofo 108 vezes por dia, o número me pareceu bastante estranho, mas nem por um momento duvidei de que tivesse sua explicação, tudo neste mundo tem, ao menos para aqueles que sabem ler as colunas dos mosteiros.

19

Aqui está o que Xibalbá desejava para os engendrados:
que morressem logo no jogo de bola.

POPOL VUH, 19

QUANDO O TÁXI ENTROU NA AVENIDA LIBERTADOR ME DEI CONTA DE
que era a primeira vez que saíamos do bairro chinês, a primeira vez
em duas semanas que eu saía do bairro chinês, dentro do carro fazia
o mesmo calor que no mosteiro mas eu me senti liberado da mesma
forma, foi como virar a cabeça e apoiar a bochecha sobre o lado
fresco do travesseiro, efêmera trégua na insônia. Embora tivéssemos
perdido Lito e Chen, os únicos com quem eu conseguia conversar, da
mesma forma teria continuado com prazer até San Andrés de Giles,
se é que ficava para esse lado, e se não também, depois de tantos dias
imóvel nada me fazia mais feliz do que a ideia de me mover indefini-
damente. Para minha desilusão, a viagem eterna até o fim do mundo
durou apenas alguns quarteirões, descemos antes de chegar à General

Paz. A rua na qual nos deixou o táxi estava bloqueada por barreiras e policiais, os que entravam nela eram em sua maioria homens e andavam sem camisa, pareciam banhistas caminhando até a praia.

— Vamos ao estádio do River? — Quis mostrar que conhecia futebol.

— Defensores de Belgrano — corrigiu Li.

— Ah, claro. — Não sei por que insistia em fingir. — O Defensores de Belgrano não joga na Segunda Divisão?

— Isso.

— E contra quem joga?

— Atlanta, eles estão em penúltimo e nós em último.

Perto do estádio havia um ônibus escolar, as pessoas faziam fila em frente às janelinhas para comprar as entradas, me perguntei o que uma criança pensaria ao ver o ônibus laranja que o levava todas as manhãs à escola transformado nos domingos em bilheteria de futebol, deve ser como se encontrar com a professora de matemática numa boate, também me perguntei quão difícil seria invadir e fugir com a arrecadação. Li comprou as entradas, sua generosidade já estava começando a ser ofensiva, prometi não aceitar mais nenhum convite de sua parte, mas quase quebro a promessa um minuto depois, ao lado da entrada ficava a barraquinha de churrasco e tive de fazer um esforço para não pedir que me comprasse um *choripán*.

Ficamos na parte lateral, o sol da tardinha batia nas nossas costas e havia uma brisa agradável, a torcida se assando numa das arquibancadas populares aumentava a sensação de frescura na plateia, aqui ninguém estava sem camisa. Fiquei surpreso ao ver mulheres, crianças e anciãos em quantidade considerável, a verdade é que não sabia que o futebol na segunda divisão era, como se diz, um espetáculo para toda a família, também podia ser que fossem pagos como Lito e Chen na primeira mesa dos restaurantes chineses, tive dúvidas sobre a veracidade dessa informação e prometi pedir detalhes mas o nosso time já entrava em campo, Olê Olê Olê Olê Defe Defe, foi emocionante comprovar que não tinha acabado o costume de jogar papéis picados.

Era a primeira vez que ia ao estádio, achei estranho ver todos os jogadores o tempo todo e não só o que estava com a bola, na televisão a gente tem a impressão de que os jogadores desaparecem quando a bola está do outro lado, lá, ao contrário, continuam dentro do campo de jogo, embora seja verdade que pareçam perdidos, ausentes. Segui a partida com inesperado interesse e até diria que com um certo nervosismo durante pelo menos dez minutos, depois, e como era de se esperar, comecei paulatina e irreversivelmente a ficar entediado, acho que dez minutos são suficientes para ver tudo que o futebol pode apresentar como espetáculo, o futebol e qualquer outro esporte, antes o argumento de que nunca joguei me convencia, mas não mais, também não sei tocar nenhum instrumento e música é o que mais gosto. Não sou tão tonto para pensar que se trata de vinte e dois inúteis correndo atrás de uma bola, entendo a arte do que fazem e até estaria disposto a admitir que há até vislumbres de um certo tipo de beleza, mas é preciso admitir que visualmente é um espetáculo muito pobre e que seus mecanismos para criar tensão dramática são mais básicos e pueris que os de uma telenovela vulgar, para isso fico com o Tangram, que com muito menos prende muito mais.

Para combater o tédio me interessei por aqueles que se interessavam naquilo que para mim não despertava interesse algum, primeiro pelos que cantavam e dançavam nas arquibancadas atrás dos gols, tentava destacar rostos na massa, gestos, momentos de distração e ausência, depois nos que me rodeavam na torcida, sentados e calados a maior parte do tempo, alguns com o rádio na orelha, mais concentrados no jogo do que os próprios jogadores. Destoava, nesse contexto, um grupo de magricelas apoiados contra a grade inferior, três deles carecas e um chinês, pareciam ter ido ver não seu time, mas o oponente, cada vez que um jogador do Atlanta chegava perto da lateral ou o técnico se aproximava para dar explicações, lançavam uma chuva de cuspidas, menos que a virulência de seus ataques, assombravam a precisão e a calma com que realizavam, verdadeiros profissionais.

Dos insultos se ocupava o pessoal mais de trás e todos eram gente do ramo, nunca na minha vida tinha escutado xingamentos tão engenhosos, meus preferidos eram os que fugiam com elegância dos simples palavrões, aprenda a amarrar a chuteira e vai ver que não cai mais, agradeça que sua esposa não entende nada de futebol porque se não já estaria pedindo divórcio, muda de sobrenome que nem seus pais nem seus filhos têm culpa, doa suas chuteiras a um asilo de paralíticos e com o que ganhar abra uma barraquinha, fracassado. Em torno do fracasso e da incompetência e da vergonha girava a maioria dos agravos eufemísticos, era engraçado que no geral eles saíssem de homens já bastante grandinhos, vai saber como justificavam a seus filhos o êxito e a utilidade de uma vida confinada ao lado inativo de um estádio de futebol, provavelmente os filhos nem se deram conta de que os frustrados eram seus pais porque o êxito ali era saber xingar, cada insulto era festejado como um dez na escola, pobre dos que fossem reprovados.

História do pai que se negava a festejar os gols e do filho que se negava a xingar

A primeira vez que Fernandito foi ao estádio tinha menos de um ano, apesar dos protestos da mãe e dos avós, seu pai o carregou um domingo e o levou à torcida do Defensores de Belgrano, jogavam contra o Atlanta e Fernandito chorou durante toda a partida, como Defensores perdeu e o encontro foi, como se diz uma choradeira, seu pai não registrou o protesto e no outro domingo levou-o de novo, assim fez todos os domingos.

O pai de Fernandito se chamava Armando e era um fanático por futebol, desde jovem tinha se destacado como um grande goleador mas com um grande problema, não festejava os gols, metia a bola dentro do gol adversário e voltava para o seu campo como se o chute tivesse sido para fora, seus companheiros o perseguiam enlouquecidos e se jogavam em cima dele gritando desaforadamente, mas ele não estava nem aí, eles o chamavam de goleador impassível. Sua apatia causava incômodo no time, mas quando pediam explicações por sua estranha conduta Armando dizia apenas que não sabia comemorar, assim como outros não sabem assobiar ou mover as orelhas, não me sinto bem com isso de comemorar gol e pular com o punho ao alto, dizia, melhor isso que não fazer gols, não é?

— Mas os gols são feitos para serem comemorados, se não são comemorados é como se você não se importasse com o jogo.

— Além do que é antidesportivo. Não comemorar gol na frente dos rivais é pior que comemorar na cara deles.

— Claro, é como dizer: olha como não são importantes, eu ganho de vocês e nem festejo.

O tema chegou à comissão técnica do clube, que decidiu que enquanto os outros treinavam para fazer gols Armando devia treinar como comemorá-los, e para acelerar o tratamento se nomeou um time de quatro profissionais formado por um psiquiatra, uma professora de expressão corporal, o vocalista de Los Tintoreros e um bailarino do Colón. Depois de meses de intenso trabalho Armando finalmente aprendeu a comemorar os gols com o inconveniente, contudo, de que deixou de fazê-los. Querendo demonstrar tudo que tinha aprendido, começou a comemorar os gols de outros como se fossem seus, um dia tirou a camisa e se pendurou no alambrado para festejar um gol do time adversário, foi o fim de sua carreira futebolística.

Seu filho, por outro lado, nunca quis jogar futebol, desde pequeno seu pai chutava a bola e Fernandito a devolvia com as mãos, se negava a chutá-la como se tivesse medo de doer. Armando tentou diferentes métodos para despertar seu interesse, afinal havia tido seis filhas apenas para ter um menininho e havia tido o menininho só para

UM CHINÊS DE BICICLETA

ter um companheiro com quem dividir sua paixão, mas Fernandito não respondia a nenhum estímulo, se o colocava na frente da televisão para ver uma partida acabava dormindo, se o levava para jogar no parque com outros meninos, sentava-se no meio do campo para estudar as formigas, das regras que lhe explicava durante o jantar, Fernandito só tinha aprendido a forma de ser expulso o mais rápido possível quando o obrigavam a jogar nas aulas de educação física.

— A ideia é não receber o cartão vermelho.

— Ah, não tinha entendido.

Levá-lo ao estádio todos os domingos era a última esperança de curar o que ele chamava de apatite, se não tinha um filho futebolista pelo menos queria que o acompanhasse para ver os filhos futebolistas dos outros torcedores, desde criança Fernandito não entendia isso e chorava como um condenado mas à medida que cresceu mostrou ser um bom filho e se esforçava para agradar seu progenitor, comia o *choripán* do qual, na verdade, não gostava, se levantava nos momentos de perigo apesar de não os reconhecer e abraçava seu pai nos gols.

O que Fernandito não parecia disposto a fazer sob nenhuma hipótese era xingar, os meninos de sua idade já sabiam todas as gírias e eram capazes de inventar seus próprios palavrões enquanto dele não se sabia nem sequer se os entendia, em todo caso ninguém jamais havia escutado dizer um palavrão e o tema já preocupava toda a arquibancada.

— Você tem que chamar as coisas pelo nome — ensinavam os outros torcedores no intervalo —, chamamos o juiz de filho da puta, o bandeirinha de veado do caralho, o adversário, veado do caralho filho da puta.

Os que tinham mais paciência se sentavam ao seu lado e diziam em sílabas, a-pu-ta-que-te-pa-riu, vamos lá, agora diga você, havia outros que tentavam introduzi-lo na matéria com argumentos mais pesados, imagine esse cara passando a mão na bunda da sua namorada, o que você diria?, também havia os que preferiam métodos de intimidação menos pedagógicos: quem não xinga é veado, sabia?

Como bom filho de seu pai, as lições também funcionaram para Fernandito, embora só aos sete anos, um escândalo de tarde, por fim chegou o dia de seu primeiro xingamento, foi durante um encontro com o clube Atlanta, um adversário se retirava do campo depois de machucar um jogador de Defensores e ser expulso, as pessoas cuspiam e o insultavam com um rancor todo especial mas em dado momento se criou um pequeno silêncio e foi possível escutar Fernandito:

— Como você é feio!

Embora as pessoas tenham comemorado o agravo inédito, a partir desse dia Armando se absteve de levá-lo ao estádio, preferia que não dissesse nada a que dissesse coisas próprias de uma mulher, para disfarçar a vergonha explicava indignado que Fernandito tinha virado torcedor do Sacachispas, os outros o consolavam argumentando que não era tão grave, cara, pior teria sido se tivesse virado bicha.

21

A BARRAQUINHA DE CHURRASCO ESTAVA ESTRATEGICAMENTE INSTA-lada no ângulo do qual soprava o vento, não teria me surpreendido descobrir que o arquiteto fora subornado pela empresa fornecedora de linguiças para que construísse o estádio de tal forma que a fumaça da carne assada despertasse o apetite dos torcedores, em todo caso quando chegou o intervalo o meu era tão grande que tinha perdido a vergonha.

— Papai Li, me compra um *choripán*?

— Vou te deixar com o Sergio.

Sergio era o homem que estava sentado ao lado de Li, tive a impressão de que se conheciam, mas não havia podido determinar até que ponto, mudou de assento e me cumprimentou, as mãos enrugadas como as de um operário.

— Eu tinha uma namorada que vivia ali — me soltou para apontar um dos prédios da avenida Libertador que estava à nossa direita.

— Décimo nono andar, cada vez que o Defensores jogava, a gente se sentava na varanda para ficar vendo.

— E dava para ver bem? — Tentei me mostrar interessado.

— Mais ou menos, perdíamos os escanteios deste lado. Você é torcedor do Defensores?

— Não, a verdade é que eu...

— Nem eu, meu clube é o Flandria, de Jáuregui, estreei lá como goleiro. Sou Sergio García, não sei se Li te contou.

— Sergio García...

— O goleiro do juvenil que ganhou no Japão em 79, o de Menotti e Maradona.

— Ah.

— Não, digo que jogar com a camiseta argentina é uma emoção muito difícil de descrever. E a sensação de ter sido campeão do mundo só pode ser comparada com a experiência do nascimento de meu primeiro filho.

— Claro, deve ser...

— Inesquecível. Esse time ficou na história. Depois voltamos e o Diego foi pedir ao general Viola que nos dispensasse do serviço militar obrigatório.

— E conseguiram?

— O que você acha? Nós fizemos mais por este país que todos os militares juntos.

— E você continuou jogando depois?

— Sim, claro, estive na seleção principal, fui suplente do Pato Fillol em três partidas.

— Uau.

UM CHINÊS DE BICICLETA

— Sim, também joguei no Tigre, no Español, no Cipolleti. Em tudo que é canto. Inclusive — baixou a voz — no Atlanta, e até no Jerusalém.

— Ah — eu também baixei a voz —, então você veio ver o Atlanta?

— Não, não — voltou a subir a voz —, tenho um chinês no banco de Defensores.

— Um chinês?

— Claro, porque eu tenho uma escola de futebol para chineses em Jáuregui, Li não te contou?

— Não, a verdade é que ele não disse nada. E como é essa escola de futebol para chineses?

— Ah, bom, sente-se e escute porque é uma história incrível.

A incrível história da escola de futebol para chineses de Jáuregui fundada pelo goleiro da seleção juvenil argentina campeã do mundo em 1979

O som do tambor dos Pampas nos despertou.

Encontramos então a luz azul e branca quando se apresentaram os heróis.

De Fiorito a Ushuaia, o espírito argentino sempre estará;

de Kempes a Maradona, plantamos nossa bandeira no cume.

Correr, correr, correr sem parar.

Somos como soldados que sempre lutaremos pela vitória.

Hino do fã-clube do futebol argentino da China

EMBORA POUCOS SE LEMBRASSEM DELE EM NOSSO PAÍS, ME DISSE Sergio García, o qual não era de se estranhar dado que a memória do torcedor argentino era particularmente ingrata, sem ir mais longe, em sua passagem pelo Atlanta ele tinha agarrado dois pênaltis fundamentais e apesar disso, entretanto, nas recentes comemorações do centenário o clube nem tinha enviado um convite, dizem que o goleiro não tem importância, mas isso não é verdade, o goleiro é o único que devia saber jogar não só com os pés, mas também com as mãos, quantos goleiros faziam gols de cabeça ou de falta e eu não podia esquecer o que acontecia quando um jogador de linha entrava no gol, acontecia uma tragédia; embora poucos se lembrassem dele na Argentina, Sergio García, disse Sergio García, continuava sendo no Japão e na China, em todos os países orientais talvez, uma referência.

— Pense que joguei com Maradona e que isso para os chineses é como para um argentino um chinês que lutou com Bruce Lee.

— Mas Bruce Lee não era gringo?

— Bom, eu também não sou argentino, nasci no Uruguai.

Valendo-se de sua fama no Oriente, talvez muito longa de acordo com nossos parâmetros mas completamente normal segundo o deles, que representavam um par de décadas para uma cultura que já existia fazia milênios sobre a Terra, Confúcio tinha vivido antes de Cristo e ainda era lido e respeitado, os chineses sabiam que assim como o que é bom resiste à passagem do tempo também um goleiro de categoria continuava bom, mesmo estando aposentado, além do que ele tinha aposentado do futebol profissional mas continuava jogando de forma amadora, de fato era melhor agora que antes porque ser um bom goleiro era uma questão de experiência e maturidade; valendo-se de sua fama no Oriente, onde o futebol argentino também era paixão de multidões, aparentemente até havia um fã-clube da seleção com hino próprio e tudo, milhões de chineses acompanhavam ao vivo as partidas do campeonato argentino todas as segundas de madrugada, sabiam a escalação dos times melhor do que os torcedores daqui; valendo-se de sua fama no Oriente ele, Sergio García, me contou Sergio García, tinha fundado uma empresa que se encarregava de trazer jovens chineses para a Argentina para lhes ensinar a jogar futebol.

— E porque você não vai para lá em vez de trazê-los para cá?

— Porque não é a mesma coisa.

— Não, claro.

A escola ficava em Jáuregui, província de Buenos Aires, os chineses ficavam aqui por dois anos e além de futebol aprendiam castelhano, eu devia levar em conta que no futebol o mais difícil de transmitir era a filosofia do jogo, para a parte técnica era suficiente dar exemplo e os outros que imitassem mas quando se tratava de explicar os porquês, os comos, os quandos, enfim, quando era necessário transmitir a essência, a alma do futebol, tudo se complicava um pouco se quem estava na sua frente não entendia o idioma. De qualquer modo o problema maior não era esse, mas a educação que era trazida da China, analisou García, aparentemente lá não regia o livre pensamento e por isso os rapazes eram incapazes de tomar decisões próprias, na verdade se vinham era porque o governo tinha decretado que fossem jogadores de futebol, talvez eles nem quisessem.

— Porque jogamos como vivemos. Quem é safado fora do campo vai ser safado dentro do campo, quem tem medo fora também vai ter dentro. Isso não é como pôquer, não é truco, aqui não se pode mentir, você agarra a bola e já dá para ver se é atrevido, enrolado ou briguento.

— Também dizem isso dos cavalos, que nem bem você sobe o bicho já sabe se você é um cavaleiro ou não.

— Nem bem apoia o pé no estribo.

— Nem bem você olha de longe.

— Bom, não vamos exagerar.

A escolinha ia bem, prosseguiu García com sua incrível história, ia bem e poderia estar bem melhor se não fosse pela burocracia argentina, aparentemente o pessoal da imigração criava problemas para deixar os chineses entrarem e assim ele perdia clientela, este ano, sem aprofundar muito, dos quarenta alunos que tinha conseguido na China só doze tinham conseguido ingressar no país, o governador anterior tinha facilitado as coisas porque era torcedor do Banfield e ele tinha jogado no Banfield mas não teve jeito com o governador atual, ele nunca tinha jogado no Racing.

— O que acontece é que neste país, quando você quer avançar, cortam suas pernas.

— E nem te conto quando não se jogou nem no Banfield.

De qualquer forma, o negócio ia bem, procurou levar tranquilidade aos mercados García, não só na parte econômica, mas também no futebolístico, vários chineses já tinham voltado a seu país e entrado em clubes de lá, pelo menos quatro tinham sido contratados pelo Flandria de Jáuregui e pela primeira vez nesse ano um de seus jogadores, Wang Rixin, muito bom na bola parada, aparentemente, tinha sido contratado nada menos que pelo Defensores de Belgrano, o que eu estava falando mesmo?

— Notável.

UM CHINÊS DE BICICLETA

— Há gente que diz que foi contratado porque, como o Defensores é chamado de Dragão, pensaram que precisavam ter um chinês, mas você vai ver quando ele entrar em campo, este rapaz detona.

— E hoje ele vai entrar?

— Não dá para saber, mas eu, por via das dúvidas, venho a todas as partidas. Como sei que se entrar, vai detonar, quero ajudá-lo depois com as declarações para os jornais, pois ele não domina muito o castelhano.

— Bom, os jogadores argentinos, no geral, também não.

— Quê?

— Nada, besteira.

— Mas, então, o que você acha?

— Do quê?

— Da história.

— Ah, sim, incrível.

— Eu te disse.

García olhava para o campo com no olhar triste, parecia estar relembrando seu tempo glorioso de jogador, ninguém deve sentir sua juventude mais distante do que um esportista aposentado, imaginando o que ele devia ter deixado dentro desse retângulo verde até eu sentia vontade de chorar.

23

COMO SE PERCEBESSEM MINHAS DÚVIDAS A RESPEITO DE SEU TRABALHO publicitário, mais tarde fomos com Lito e Chen a Todos Contentes, Li nunca tinha ido comer com eles antes e Chao gostou da ideia de que aparecessem junto com um branco, por isso nos acomodamos bem cedo na primeira mesa e todos ficamos contentes. O desafio era estender ao máximo a encenação comendo só o necessário, tratava-se de fazer a propaganda mais barata possível, a mesa estava cheia de comidas apetitosas, mas em nossos pratos só o arroz se espalhava. O que nos salvou desta opulenta miséria foi a inesperada aparição do ator e cantor Alfredo Casero, estava com outras pessoas e se sentaram à nossa mesa, era a primeira vez que Lito se reencontrava com seu antigo chefe e houve comemorações e até rolaram umas lágrimas, Casero sentiu tanta culpa pelo destino do primeiro ator chinês da Argentina que logo disse que pagaria tudo, se contabilizarmos a quantidade de pratos que acabou comendo, a verdade é que não era para menos.

Casero era um homem de barriga imponente e braços curtos, usava uma camisa florida e o cabelo cacheado artificialmente, os penetrantes olhos azuis conferiam um ar diabólico às suas feições infantis. Até a comida chegar falou sem parar sobre si mesmo, como era uma pessoa pública presumia que os presentes conheciam cada detalhe de sua vida e como forma de mostrar amizade se dedicou a desmentir as fofocas mentirosas sobre sua pessoa, oferecendo-nos, em troca e de forma exclusiva, a história verdadeira que os meios tinham ocultado, por sorte o gestual gracioso de sua narrativa neutralizava um pouco tanto pedantismo. Do que me lembro, que não é muito porque suas histórias pareciam feitas para ser esquecidas instantaneamente, também falava bem de quem não ria de suas próprias piadas, lembro também que o mais delirante de tudo o que contou essa noite foi sem dúvida sua viagem ao Japão, presumindo que todos sabíamos que tinha viajado ao Japão para realizar um show, ele nos revelou que na verdade nunca tinha ido, minha viagem ao Japão é tão falsa como a viagem do homem à Lua, disse, todos os vídeos que se viram por aí foram produzidos na minha casa em Puerto Madryn, os japoneses que aparecem são pinguins retocados por computador.

— Estamos esperando o momento certo para revelar a fraude — contou-nos seu segredo. — Vamos dizer que foi tudo uma manobra dos serviços secretos de Burma para despistar os grupos insurgentes que ameaçam tomar o poder na Suazilândia.

— E o que tem a ver o Japão com tudo isso?

— O Japão tem a ver com tudo, o poder dos Estados Unidos é só uma camuflagem, os Estados Unidos são Cámpora, o Japão é Perón.

UM CHINÊS DE BICICLETA

As pessoas que o acompanhavam eram uma loirinha que mascava chiclete com a boca aberta e um casal de trintões, também gente famosa ao que parece, ele se chamava Ariel e era diretor de cinema, ela se chamava Ailí e era atriz, a primeira atriz chinesa da Argentina, como Casero a apresentou a Lito insinuando que formavam um bom casal, Ariel quase enfia os palitos nos olhos dele. Mais ciumento deveria ter ficado de Li, que olhava para ela o tempo todo e a cada tanto fazia algum comentário, não pareciam muito amorosas suas palavras mas com o chinês nunca se sabe, da forma como está organizado seu sistema de tons é difícil distinguir quando estão declarando seu amor e quando estão declarando guerra, imagino o que deve custar para eles entender quando um grito em castelhano é de raiva ou de felicidade.

Talvez por causa desta ameaça velada, o casal decidiu ir embora antes da sobremesa e com eles partiram Casero e sua loira tonta, ao se despedir de mim Casero me mandou ligar para lembrá-lo de conseguir alguns vídeos de seus antigos programa de televisão, agradeci como se tivesse pedido e me disse que não tinha nada que agradecer, era o mínimo que podia fazer por seus fãs. Pouco depois terminamos também com nosso trabalho de promoção e caminhamos em fila até o apartamento que dividiam Lito e Chen a uns metros dali, no caminho entramos numa locadora e me fizeram escolher alguns filmes enquanto falavam com a atendente, queixei-me de as etiquetas estarem todas em chinês e nem sequer vinham com ilustrações, mas me asseguraram que dava no mesmo que estivessem em espanhol e com explicação do roteiro.

— São todos iguais.

— E já vimos todos várias vezes.

— E além do mais pideocassete etá queblado.

O pideocassete não estava quebrado, mas tinha poeira no cabeçote, eu o desmontei e limpei em poucos minutos. Lito me agradeceu como se tivesse consertado um barco segundos antes do naufrágio e me perguntou se eu sacava de computadores, respondi que trabalhava com isso, e ele me falou que tinha uma proposta para fazer, não nesse momento, mas no dia seguinte, se eu quisesse podia ficar para dormir com eles. Chen tinha levado uma espécie de flauta de madeira e uma caixinha da qual tirou uma pedra negra, o primeiro era um cachimbo e o segundo ópio, quando tudo estava preparado colocaram o filme, tentei ficar acocorado como eles na frente da televisão mas não consegui, fumei um pouco mas não senti nada. O filme era de artes marciais, o único que prestava atenção nele era eu, teria visto até o final se num momento Li não tivesse me arrastado até a cozinha para me perguntar se tinha entendido, pensando que se referia ao filme respondi que não.

— Bom, sente-se que vou explicar.

As lições de Li I:
O enigmático Dr. Woo

SE EU ACREDITAVA QUE TUDO O QUE TÍNHAMOS FEITO ESSE DOMINGO havia sido a título de mera diversão, e a julgar pela minha cara Li acreditava que eu pensava assim, e era verdade, estava muito equivocado, me disse Li acendendo um cigarro. Nada ou quase nada do que aconteceu ao longo desse dia tinha fins recreativos, nem a visita ao prostíbulo pela manhã, nem ao karaokê nem ao médico nem ao mosteiro depois, nem sequer a ida ao estádio ou o filme que ainda girava no videocassete, cada uma das paradas da nossa rota dominical tinha seu motivo, e este não era me entreter, mas me instruir, ou melhor, estimular em mim o pensamento dedutivo que me permitiria chegar por conta própria às conclusões que ele tentava me transmitir.

— Estou sendo claro?

— A verdade é que não.

Que tomássemos, Li me propôs então enquanto se sentava, o caso do médico consultado ao meio-dia, o Dr. Yoo Tae Woo, filho. Como seu nome indicava, o Dr. Woo era filho do famoso Dr. Woo, descobridor há algumas décadas da manupuntura, quer dizer a acupuntura reduzida à mão. Contava o Dr. Woo, contou Li, que uma noite de outono tinha acordado com uma forte dor na parte de trás da cabeça acompanhada de outra forte dor na parte de trás do dedo médio, que sem querer tinha apertado o dedo com a ponta de uma caneta e experimentado de imediato uma diminuição na dor de cabeça. Alertado, dessa forma curiosa, sobre as propriedades curativas da mão, o Dr. Woo tinha passado muitos anos estudando as correspondências entre esse membro e todos os outros do corpo até somar um total de 344 pontos de conexão.

— Todos não — interrompi sagaz —, pelo que vi falta o ponto que corresponde à própria mão.

— O ponto dos olhos está na ponta do dedo médio — informou Li enigmaticamente, não doeu?

— Não me lembro.

— Também não vai se lembrar então se doeu um pouco mais acima, onde está o ponto que corresponde à memória.

Ao contrário do que tinha acreditado ver ou falsamente lembrava não ter visto, a mão tinha, como todo o resto do corpo, sua correlação na própria mão, no extremo superior do dedo anular, para meu conhecimento, e devia me interessar porque nisso estava uma parte, não distante do todo, do problema. Para que ficasse mais claro, Li me lançou um olhar inteligente acompanhado de um sorriso perspicaz, as espirais de fumaça escapando a todo momento de seus orifícios faciais, para que ficasse mais claro eu devia saber que assim como o Dr. Woo tinha desenvolvido os princípios da manupuntura enquanto praticava a acupuntura, da mesma forma seu filho praticava a manupuntura enquanto investigava a dedopuntura, teoria que afirmava que todas as partes do corpo estariam representadas na ponta do dedo.

— Mas nesse ritmo logo vamos estar cravando agulhas microscópicas na ponta do dedo da mão representada na ponta do dedo da mão.

— Trata-se precisamente de evitar isso.

Com o Dr. Woo e mais ainda com seu filho, ambos coreanos, explicava Li de passagem e eu devia levar em conta que esse dado era insignificante, com os Woo a acupuntura parecia ter tomado o caminho do desaparecimento, e quando Li dizia acupuntura estava dizendo a máxima expressão da medicina tradicional chinesa, que era por sua vez uma forma de se referir à cultura mais antiga e venerável da Terra, que era como dizer a civilização como um todo e a razão de ser do universo.

— Você não está exagerando?

— Que nada, eu diria que até é pouco.

No entanto, mais interessante que discutir se o desaparecimento da acupuntura acarretaria, cedo ou tarde, o desaparecimento do sistema planetário como um todo era se perguntar por que tinham escolhido a América do Sul para realizar esse crime hediondo, por que a Argentina, por que sua capital e de sua capital por que o coração do bairro chinês. O Dr. Woo dizia ter se exilado neste país depois de descobrir que o objeto que seu pai tinha colocado no caminho da manupuntura, que é a caneta, era uma invenção argentina. De acordo com ele, tinha sido a supersticiosa esperança de que alguma outra invenção argentina o ajudasse em sua ambição natural de superar o pai que o tinha lançado para o sul, e de fato aconteceu, que logo depois de se instalar em Buenos Aires, o Dr. Woo picou a ponta do dedo tentando colocar um distintivo em seu filho e a picada fez com que desaparecesse uma dor que tinha no cotovelo, com isso ficaram comprovadas as propriedades metonímicas do dedo.

— Não se parece com um conto chinês?

— E, se você está dizendo...

A razão, pois, devia ser outra, insinuou Li, e apagou o cigarro.

As lições de Li II:
Os segredos do outro Li

DAS OITENTA E QUATRO MIL FORMAS DE CULTIVAR O CAMINHO DO Buda, disse Li, mudando abruptamente de tema com a desenvoltura de um professor quando vê que a classe está dormindo, Falun Gong era a mais jovem, apenas quinze anos tinham se passado desde que havia sido introduzida por Li, não ele mas outro Li, Li era um sobrenome bastante comum na China e uma palavra rica demais em significados, se lembrasse em outra ocasião não teria problemas em explicá-los, afinal eu estava aí para aprender mesmo. A prática do Falun Gong constava de cinco exercícios e era regida pela filosofia do Falun Dafa, baseada nos princípios da verdade, da benevolência e da tolerância, seu objetivo era guiar as pessoas pelo caminho da paz interior e da saúde corporal e seu símbolo era o wan, ou seja, a suástica, embora no Ocidente tendessem a ocultá-lo para evitar mal-entendidos.

— Por isso ela foi proibida?

— Na China, a suástica é um símbolo antigo e benevolente, proibi-lo seria como proibir o arroz ou o uso dos olhos puxados.

— Ah, desculpe, não sabia.

— Como diz Confúcio, você é um homem afortunado: cada vez que comete um erro alguém o mostra.

— Está tirando uma com a minha cara?

— A suástica é o exemplo perfeito do que acontece quando os ocidentais importam elementos orientais. Veja que lhes demos a suástica e o que nos devolveram, o nazismo. E é assim com tudo: demos a pólvora e nos devolveram a guerra, demos o papel e nos devolveram o desmatamento da Amazônia, demos a pintura fosforescente e nos devolveram o grafite, demos as cédulas e nos devolveram as crises financeiras, demos o guarda-chuvas e nos devolveram a chuva ácida, demos os naipes e nos devolveram a *Escoba del Quince*, demos a seda e nos devolveram a aniagem, demos a tinta e nos devolveram as mulheres tingidas, demos a porcelana e nos devolveram o plástico, demos a bússola e nos devolveram um mundo sem rumo.

— Tudo isso foram os chineses que inventaram?

— E muito mais. Mas, voltando a sua primeira pergunta, a resposta é sim, foram proibidos pela suástica.

Claro que não era essa a razão que o governo da China tinha usado, continuou ensinando Li, segundo eles o problema era que centenas de pessoas tinham morrido por acreditar nos poderes curativos do Falun Gong, em vez de ir ao médico ficavam em suas casas fazendo os exercícios e assim perdiam suas carcaças de carne, para usar as palavras de seu líder espiritual. Porque este mestre qigong, qigong era uma ramificação da medicina chinesa baseada no controle da respiração e, através dela, do chi, o chi era a energia vital que governava o yin e o yang, o yin e o yang eram as forças opostas e complementares em que se baseavam os kua do I Ching, os kua eram os hexagramas e o I Ching era o livro mais antigo da humanidade.

— Mais antigo que a Bíblia?

— Só por uns dois mil anos.

O mestre qigong Li Hongzhi impulsionador do Falun Gong e do Falun Dafa, continuou Li e eu notei preocupado que seu discurso ia se enchendo cada vez mais de termos não ocidentais, o mestre sustentava que seu sistema não apenas fomentava a saúde, mas também curava em caso de doença, ele mesmo tinha poderes curativos e de outros tipos, dizia que levitava e que só precisava pensar que ninguém o via para efetivamente diluir-se no ar, também se acreditava que com seu pensamento podia controlar os corpos de outras pessoas e mover o próprio no espaço, décadas de meditação tinham revelado a verdade do universo, sua origem e seu porvir.

— Mas esse cara acha que é Deus.

— Não mais do que qualquer outro nova-iorquino.

Porque era de Nova York, cidade escolhida para seu exílio, que Li comandava hoje seus adeptos, dezenas de milhões de pessoas de todas as idades e de todos os países para quem a proibição tinha razões estritamente políticas: a popularidade adquirida em poucos anos por seu sistema, ao qual não eram poucos que preferiam se referir como seita e negavam qualquer ascendência budista, era inversamente proporcional à que vinha perdendo por décadas o governo de seu país, o mesmo que, não contente em apenas negar sua liberdade de credo, agora os perseguia, prendia e torturava até matá-los.

Ariel Magnus

— Mas é verdade isso de que tiram os órgãos?

— Sim e não.

— Não entendo.

— Um chá?

— Não tem nada mais frio?

As lições de Li III:
A verdade sobre os filmes
de artes marciais

QUANDO ALGUÉM VÊ FILMES NORTE-AMERICANOS, LI CONTOU enquanto colocava a água para ferver, acha que o que está retratado corresponde exclusivamente ao âmbito fantástico da cinematografia, mas, quando visita os Estados Unidos, embora Li não tenha ido lá, tinha parentes que sim, entende que em sua maioria se limitam a descrever a vida cotidiana. O mesmo ocorria com os filmes argentinos, foi colocando as folhas de chá dentro das tacinhas, se os tivesse visto antes de se instalar no país, Li teria imaginado que todos eram fantásticos, uma sociedade tão sórdida e deprimente como a descrita neles parecia simplesmente inconcebível, mas agora que conhecia Buenos Aires, sua gente e seu clima, podia assegurar a seus parentes dos Estados Unidos que os filmes argentinos pecavam por ser muito alegres se comparados com a realidade.

— Buenos Aires o deixa deprimido?

— Não mais, isso é o mais deprimente.

No fundo, todos os filmes são realistas, Li serviu a água antes de ferver, usam às vezes uma linguagem um pouco figurada, mas não mais do que a de um médico ou de um torcedor de futebol, basta ter alguma noção do tema para interpretá-lo sem dificuldades, inclusive para concordar que nenhuma outra pessoa cumpriria tão bem sua função. Segundo Li, a diferença entre os filmes realistas e os filmes baseados em fatos reais era apenas uma questão de alcance, enquanto os primeiros falavam de qualquer um de nós, nos outros se contava a história de uma só pessoa, o sucesso destas últimas não se devia a seu realismo mas ao deleite que o espectador experimenta quando sabe que tudo isso aconteceu com outro e não com ele.

— Pelo que entendi, é ao contrário, que gostam dos filmes baseados em fatos reais porque o que é contado pode se repetir.

— Quem pensa assim é a mesma pessoa que faz uma marca no barco para indicar o lugar onde a espada caiu no rio.

— Não entendo.

— É um provérbio chinês. A ideia é que não há repetições no mundo, apenas fluir e mutação.

No caso dos filmes chineses, e com filmes chineses Li se referia a filmes de artes marciais, para ele qualquer outro gênero cinematográfico não era chinês, nem sequer oriental, no caso dos filmes de artes marciais ocorria exatamente o mesmo: vistos de fora sua violência podia parecer exagerada, o mesmo que a tendência a cantar nos filmes da Índia ou a tendência a gritar nos espanhóis, mas ninguém que conhecesse a China deixaria de louvar seu naturalismo comedido, inclusive sua sobriedade. Nós chineses somos um pouco sanguinários, Li cortou um pedaço de melancia com uma faca e pedaços de gelo se cravaram nas minhas costas, podemos ser muito pacíficos, mas também muito sanguinários, yin e yang, ser sanguinários é nossa maneira de nos comunicar quando estamos bravos, proibir isso seria o mesmo que impedir que um italiano furioso mexesse os braços ou que um inglês fora de si apertasse os lábios e se retirasse ofendido.

— Mas neste filme se cortam as cabeças uns dos outros!

— E nos dos ianques se mata a tiros, me explique a diferença. E o mesmo com o resto. Lá acertam os casamentos das meninas aos dez anos, aqui os meninos de dez são vendidos a um clube de futebol da Europa. Lá, amarram os pés das mulheres, aqui elas são arrastadas à anorexia.

Tudo era uma questão de códigos e de gostos, sentenciou Li e me passou um pedaço de melancia que rechacei, preferia continuar comendo meus salgadinhos com sabor de lula, eram meu vício, isso e o suco de lichia, por outro lado Lito e Chen tomavam sucos Tang, de preferência de pomelo ou pêssego, me explicaram que a dinastia Tang tinha sido a época de ouro de China, de qualquer forma nada teria me convencido de tomar essa porcaria; tudo era uma questão de gostos, sentenciou Li, os chineses se entusiasmam vendo sangue e os ianques ouvindo tiros, os chineses admiram aqueles que lutam com armas simples ou diretamente com as mãos enquanto os ianques preferem as armas sofisticadas e as guerras por computador, os chineses para amedrontar extraem um dos seus órgãos e os ianques implantam um chip em você.

119

Ariel Magnus

— Então é verdade que extraem órgãos.

— Não importa se é verdade ou não, o que importa é que vocês, os laowai, nunca entenderiam o que isso significa dentro de nossa cultura.

— Arrancar os órgãos de alguém é algo feio daqui até a China, Li. Você parece um desses que dizem que os aborígenes geram anticorpos especiais quando a verdade é que qualquer um que bebe água podre ou é picado por uma tarântula morre.

— Claro que não. Faça a prova de colocar um indígena da Amazônia para atender o telefone num escritório, na terceira ligação simultânea morre de infarto por falta dos anticorpos que já criaram as secretárias.

Enquanto os ocidentais descobriam a energia atômica e a usavam para fabricar bombas, Li acabou sua segunda xícara de chá e acendeu o cigarro, enquanto os ocidentais acabavam dando a qualquer coisa um uso militar, dos aviões e dos raios infravermelhos até a pimenta e a mostarda, os chineses tinham destinado a pólvora aos fogos de artifício e não usavam as artes marciais para ferir ao próximo, mas para se manter em forma e meditar. Com isso Li queria me dizer que os chineses não eram essencialmente belicistas e que, apesar de a decapitação de uma pessoa ou a extração de seus órgãos vitais serem vistos como atos bárbaros deste lado do mundo, não comportavam, em si, mais violência ou sadismo do que mostrar aos pobres, pela televisão, as coisas que nunca vão conseguir comprar. Fazer a denúncia no Ocidente, como fazia o outro Li, de que no Oriente tiravam os órgãos de seus seguidores no fundo era a mesma coisa que se ele, Li, fizesse na China a denúncia de que aqui ele tinha sido condenado à

120

prisão perpétua, pois isso, que no Ocidente era um sinal de benevolência, na China era considerado pior que a pena de morte, seja por decapitação, seja pouco a pouco, órgão a órgão.

— Mas não o condenaram à prisão perpétua.

— Não, é verdade, só me deram quatro anos em Devoto. Apenas quatro. Esteve alguma vez em Devoto? Deveria, é uma mostra bastante convincente do que pode ser a eternidade.

27

Como se a menção da prisão o fizesse se lembrar de algo, Li olhou seu relógio e disse que tinha de ir.

— Pense em tudo isso que comentei e nas outras coisas também. Pense na profissão mais velha do mundo, fixe os limites, procure saber o que o Defensores defende. Não temos muito tempo. Deixo aqui com você um mapa dos incêndios que pode ajudá-lo.

Com o mapa me passou também um cabo branco, demorei a entender que era o que precisava para recarregar meu iPod, eu o teria beijado de emoção, mas ele já tinha ido embora. Na sala encontrei Lito e Chen derrubados pelo ópio, não sei se dormiam ou sonhavam acordados, da janela se viam fogos artificiais, tinha esquecido que era 31 de dezembro, lembrar disso não me comoveu muito. Assisti ao filme até que ninguém ficou vivo na tela e caí morto eu também.

Na manhã seguinte me despertaram as silhuetas dos viciados em ópio na varanda, ver essas aprazíveis sombras chinesas atrás das cortinas ensaiando uma complicada coreografia de Kung Fu me fez sentir que toda a noite tinha cruzado a China fugindo de uns samurais sanguinários e que por fim tinha encontrado refúgio em um pacífico mosteiro das montanhas, depois Chen se equivocou em um movimento e roçou Lito, este respondeu com um empurrão e aquele com um chute, de uma hora para a outra estavam aos socos e eu soube que estava na Argentina.

Depois do café da manhã Chen foi embora e Lito me revelou qual era a proposta que tinha me adiantado a noite anterior, próxima ao bairro chinês estava a sede central de Hewlett Packard Argentina e ele tinha um plano mestre para assaltá-la, só que estava faltando alguém que sacasse de computadores para hackear o circuito interno de vídeo, se eu me animasse, cinco por cento do montante era meu. Eu disse que hackear um sistema de segurança não era fácil e me ofereceu sete por cento, eu disse que a questão não era essa e me ofereceu nove por cento, eu disse que não estava em condições apesar do que me oferecia e pulou para quinze por cento, eu disse que não insistisse porque estávamos negociando por um dinheiro que jamais poderíamos obter e dando umas palmadas nas costas me disse que estava bem, entendia, vinte por cento e fechávamos.

— E quanto pensa ganhar com o roubo? — perguntei por perguntar, vendo que qualquer resistência seria em vão.

— Muito, em dinheiro e em cartuchos de tinta. Mas também justiça: nós inventamos a impressão e agora eles fazem fortunas com as impressoras sem pagar direitos. Está dizendo que pode começar hoje mesmo?

— Deixe eu pegar meu iPod primeiro, sem música não me concentro.

UM CHINÊS DE BICICLETA

Não sei como pude convencê-lo com uma desculpa tão banal, mas cinco minutos mais tarde eu estava com meus antigos guardiães, no quintal o avô fazia contas com seu ábaco e a criança brincava com sua raquete de badminton e havia cheiro de comida, quero dizer que nada tinha mudado mas eu senti que tudo era diferente, não consegui explicar por que até que apareceu ela, a falsa esposa de Li. Também ela havia mudado, continuava magra e alta, sempre descalça e metida numa espécie de quimono branco, o cabelo preso na nuca e o rosto sem maquiagem, só que a esses atributos estava somado o de ser uma mulher. Por alguma estranha lealdade, uma mais das que tinha desenvolvido em relação a meu sequestrador, a essa altura já tinha ficado evidente que até a chamada síndrome de Estocolmo era pouco e que meu caso correspondia a uma patologia muito mais aguda, mais que síndrome de Estocolmo isso já era o cúmulo de qualquer síndrome, por essa estranha lealdade que eu professava a Li, tinha me negado na semana anterior a ver sua esposa como uma mulher, agora que sabia que ela estava livre desse laço percebi não só que era uma mulher, mas que me excitava.

— Já vai? — me disse, não sei se com alegria ou com tristeza quando me viu recolhendo meu iPod e minha roupa.

— Prefere que eu fique? — acabei falando galanteador.

Ela olhou fixo para mim, não saberia dizer se denotando júbilo ou indignação, a verdade é que eu não estava em condições de dizer nada sobre um rosto chinês, e graças a isso pude reconhecer que era bonita.

— Sabe como chamo eu? — Ela me surpreendeu agora.

— Na verdade, não — gaguejei.

— Não parece você então que um pouco apressando?

— Não sei como se chama, mas sei que ronca à noite.

— Roncar?

— Devagarzinho, é como se cantasse.

— Você fala dormido.

— Mentira.

— Tem namorada, chama Vanina.

Sorri. Tinha acreditado que estava mentindo tanto quanto eu ao dizer que roncava, mas a prova que ela apresentava era muito contundente.

— Ex-namorada, há meses não a vejo. Fugiu com meu melhor amigo.

— Mim também.

— Aconteceu o mesmo com você?

— Mas já tínhamo filho.

— Foda. Por isso veio para a Argentina?

— Por isso fui de China.

— E por que veio para a Argentina?

— Porque não fui México.

— Queria ir para o México?

— Quero ir México.

— Ah, e por quê?

— O maia.

— Os maias?

— Osss maiassss, sim.

— Olha só... E há quanto você está aqui?

— Trê ano.

— Você fala muito bem o castelhano para tão pouco tempo.

— Minha mãe cubana, ela ensinou mim.

126

UM CHINÊS DE BICICLETA

— Eu já notava um sotaque estranho.

— Sotaque etranho você.

— E como você se chama?

— Yintai, mas pode me chamar de Lucía.

— Prefiro chamar de Yintai.

— Então vai embora ou fica, rapaz?

— Vou, mas só por um tempo, depois volto e saímos para passear, está bem?

28

> Em um bosque da China
> a chinesinha se perdeu
> e como eu andava perdido
> nos encontramos os dois.
>
> TOPO GIGIO

A CONVERSA COM YINTAI ME DEIXOU COMPLETAMENTE PERTURBADO, para que Lito não me arruinasse esse delicioso princípio de paixão mandei que conseguisse um computador mais potente do que o que eu tinha, esperei que o iPod recarregasse e me sentei na varanda para escutar música, de passagem tomava um pouco de sol. O bairro estava irreconhecível de tão tranquilo, os cartazes em vermelho e dourado com seus dragões e suas serpentes contrastavam com a imagem das calçadas vazias e sujas, pareciam bêbados da noite anterior que a manhã surpreende entre escriturários com suas maletas e crianças que vão para a escola, anacrônicos e grotescos como os rostos dos políticos nos cartazes de publicidade um dia depois da eleição.

Ariel Magnus

Na calçada em frente, um quarteirão para a minha esquerda e quase em frente ao restaurante Hua Xia, havia um prédio protegido por colunas de cimento, que é como descrever uma igreja dizendo que é um edifício com um campanário e uma cruz, antes dos atentados nada destacava as sinagogas no caos arquitetônico da cidade, eram como o mosteiro budista ao qual Li me havia levado. Além das típicas colunas de cimento havia o típico guarda, embora neste caso não tão típico porque usava barba e fumava um cachimbo, o contraste entre o uniforme de polícia e o cachimbo de professor universitário era tão impactante quanto entre os cartazes esplendorosos e as ruas embaçadas, teria sido menos traumático ver um marine fumando um Cohiba cubano ou um gato fazendo xixi com a perna levantada. Falava com alguém da sinagoga, um fortão de cabelo curto e quipá, magrelo e com o cachimbo entre os dentes o policial ao lado dele parecia um psicanalista disfarçado, em todo caso não havia dúvida de quem cuidaria de quem se, de repente, ocorresse uma tragédia.

Depois de conversar um pouco vai saber sobre o quê, talvez o fortão tivesse problemas de ereção e o Cachimbinho tentasse ajudá-lo remetendo-o à relação com sua mãe, a do fortão, ou talvez o fortão andasse com vontade de comprar um cachimbo e o policial estivesse explicando as diferenças entre as madeiras ou insinuando que o desejo de um cachimbo por acaso teria alguma ligação com seus problemas de ereção, a verdade é que gosto de imaginar as conversas das pessoas, minha mãe conta que desde pequeno eu passava horas fazendo meus bonequinhos de Playmobil conversarem entre si, a cada aniversário meus avós me davam além de roupa um diálogo de Platão, não virei filósofo, mas acho que programar é de alguma forma igual a produzir um diálogo imaginário dentro da máquina,

UM CHINÊS DE BICICLETA

como fazer com que jogue xadrez contra si mesma, como fazer com que se masturbe, embora já não saiba o que quer este senhor psicanalista, quero dizer senhor policial, eu não tenho problemas de ereção, talvez o que tenha é medo de ter, por exemplo esta tarde com Yintai, como o inconsciente é traiçoeiro.

Depois de conversar um pouco o fortão apontou para o lado da estação e nessa direção se afastou o Cachimbinho, um quarteirão para a minha direita um caminhão enorme obstruía o trânsito e embora o lógico tivesse sido que o Cachimbinho o convidasse amavelmente a se mover o que fez foi desviar os carros que tocavam a buzina com razão, enquanto o motorista e seus ajudantes transportavam caixas e caixas para dentro da loja localizada na esquina, suponho que de fogos de artifício, isso pelo menos é o que se vendia em plena luz do dia em Multicolor. Em certo momento saiu quem parecia ser o dono e ficou falando com o policial, também usava quipá, me chamou atenção que um judeu tivesse uma loja no bairro chinês e ainda mais de fogos de artifício, um chinês que abrisse um restaurante de comida kosher em Once não teria me espantado tanto, certamente se tratava de uma manhã cheia de estranhos contrastes.

Dormi pensando em Yintai mas sonhei com Vanina, o inconsciente não é traiçoeiro, e sim o nosso pior inimigo, acerta onde mais dói e nem com a indiferença conseguimos matá-lo. O calor apertava já quando, para minha não muito grata surpresa, Lito me acordou e me mostrou orgulhoso um Mac Pro Quad Xeon, tinha pedido especificamente esse computador porque tinha certeza de que jamais o conseguiria em Buenos Aires, mas a verdade é que estava ali, não me ocorriam muitas formas de adquiri-lo por meios legais, assim não quis nem saber onde tinha conseguido, da mesma forma devo confessar que surtiu efeito, um bicho lindo, teria roubado um banco para ficar com ele.

Com o computador e um mapa antigo do edifício, Lito acreditava que eu podia entrar no sistema e anulá-lo como quem corta a luz para consertar um fio, expliquei que sua imaginação era por ver muitos filmes ianques e que isso também acontecia quando, baseado nos chineses, eu pedia que ele matasse cinco pessoas com uma só voadora ou arrancasse as vísceras com as unhas, insistiu que como agora tínhamos um computador de última geração não podia ser tão difícil hackear um sistema de segurança obsoleto e não tive opção a não ser fingir que punha as mãos à obra.

Trabalhando percebi que essa era a única coisa de que eu realmente sentia falta de minha casa, estar sentado diante de um computador, teclando como se fosse um piano, sentir as cosquinhas da tela nos olhos, só por isso teria considerado a possibilidade de fugir do bairro e agora que tinha isso soube que minha emancipação era total, embora por meios pouco ortodoxos eu por fim tinha conseguido deixar para sempre a casa da minha mãe. Fiquei navegando por páginas sobre coisas chinesas, procurava algo para surpreender Yintai mais tarde, cada vez que Lito se aproximava eu mudava para uns sites de programação e explicava as dificuldades, paulatinamente foi perdendo as esperanças até que por fim consegui quebrá-lo.

— Já estou vendo como tudo isso vai terminar — se jogou desenganado numa das poltronas. — Num mangá sobre um cara que assalta a Hewlett Packard, consegue um monte de grana e é feliz, assim vai terminar tudo isso. Desde que deixei a televisão todas as minhas ideias acabam da mesma forma, fracassam na realidade e depois se convertem numa história em quadrinhos, um livro que ninguém quer publicar e se alguém publica ninguém quer ler e se alguém lê não gosta.

O que ele disse me cortou o coração, já que não podia ajudá-lo com o assalto pensei que ao menos podia tentar com os mangás, há alguns anos tinha desenhado jogos eletrônicos e conhecia os programas para trabalhar com isso e como consegui-los, propus que enquanto me encarregava de baixá-los da internet ele começasse a pensar num bom roteiro.

— Não consigo pensar em nada.

— Precisa ser um mangá argentino, onde se coma doce de leite com palitos. Um mangá de argenchinos, poderia se chamar assim. Imagino os desenhos como uma mistura retrofuturista de Patoruzú e Mazinger Zeta.

— Fiquei deprimido.

Para se consolar ou se deprimir totalmente, Lito colocou um dos vídeos enfileirados em sua biblioteca ao lado de mangás e figurinhas de plástico, na televisão apareceu ele mesmo dez anos mais jovem atuando com o gordo Casero, seu papel era o de chinês tonto que queria se casar com uma judia feia, o programa era divertido, mas ver como Lito chorava ao assistir não era nada engraçado. Deixei que chorasse pelos tempos passados e me afundei em meu monitor, entardecia quando voltei a sair da minha viagem ao apaixonante mundo do mangá, já me considerava um autêntico otaku do ukiyo-e e naturalmente do hentai, na sala encontrei Lito outra vez doidão de ópio e sem pedir permissão tomei um banho, coloquei o que encontrei de melhor em seu guarda-roupa e saí em busca de minha costureira oriental.

133

29

CONTRA TODAS AS EXPECTATIVAS, YINTAI ME ESPERAVA VESTIDA E maquiada, era a primeira vez que a via de vestido e com o cabelo solto, que caía perfeitamente reto e negro quase até a cintura, o rosto branco e os lábios vermelhos lhe davam um ar irresistível de gueixa. Só quando a vi tão produzida percebi que não havia planejado onde levá-la, os únicos lugares que podia pensar para ir com uma mulher como essa era o motel mais próximo e de lá diretamente à primeira igreja, por sorte ela tomou a iniciativa e alegando que não queria se afastar muito do bairro propôs que fôssemos às Barrancas. Cruzar as vias do trem a seu lado e percorrer os poucos metros que nos separavam do parque foi uma experiência única, enquanto esperávamos que o trem passasse e depois que o semáforo fechasse, as pessoas alternavam os olhares descaradamente, primeiro olhavam para ela com desejo e para mim com surpresa e depois voltavam para ela com incredulidade e pena, e para mim com inveja e ódio, a clássica lei dos opostos que se atraem, a mais bonita com o mais imbecil, devem ter pensado, e tinham certa razão, para falar a verdade.

Caminhamos até um banco perto do quiosque sem trocar uma palavra e seguimos em silêncio depois de ocupá-lo, ao nosso redor havia crianças pulando sobre os canteiros com seus skates, mendigos que dormiam sob as árvores, passeadores de cães jogando cartas, casais que brigavam ou se beijavam, pombas, gatos. Vanina tinha sido minha primeira namorada e desde que rompi com ela não havia estado com nenhuma outra mulher, a última vez que me vi numa situação parecida eu não tinha mais de quinze anos e portanto era natural que não soubesse o que dizer, além do mais, eu estava paralisado por ter a meu lado uma mulher divorciada e com um filho, uma mulher com mais passado que o futuro hipotético que eu poderia imaginar com ela.

— Na China nunca mulher primeira falar — disse por fim Yintai.

— Ah, pensei que era ao contrário e por respeito estava esperando.

Sorri e me devolveu o sorriso, não é que eu seja tímido mas me custa começar, pensei em beijá-la imediatamente, mas ela abaixou a cabeça para buscar algo em sua bolsa.

— Ficou com calor? — disse quando tirou o leque.

— Por quê? — olhou de soslaio por cima do leque.

— Por eu ter pensado em beijá-la.

Por uma fração de segundo deixou de mexer o leque, quando retomou o movimento um pouco da brisa artificial começou a chegar a mim, fantasiei que esse gesto sutil queria dizer sua aprovação do meu flerte, sua aprovação ou sua rejeição.

UM CHINÊS DE BICICLETA

— E como pensar você isso?

— Em beijá-la? Não sei, é como me debruçar em uma janela do quadragésimo terceiro andar e olhar para baixo.

O movimento do leque ficou mais lento, indicando que agradecia o elogio ou talvez não tivesse entendido, por falta de eloquência no rosto e de modulações em sua forma de falar Yintai tinha o leque, expressivo como o rabo de um gato, e o usava como um código para matizar seus gestos e suas palavras, só me restava aprender a decifrá-lo.

— Nunca etive andar 43. — Retomou o movimento normal.

— Eu também não, agora que pensei nisso. Será que existe algum em Buenos Aires?

— Ou eta seja primeira vez você pensar beijar alguém.

— Alguém, não. Você. As outras vezes que pensei nisso era como debruçar no décimo terceiro ou no décimo quinto andar, no máximo.

— E qual a diferença? Do andar quinze morre igual.

— Mas não dá tanta vertigem.

— A vertigem é algo bom?

— Depende. É como o amor. O amor é bom?

— Na China quando homem gota mulher não fala tanto.

Joguei-me para frente como se fosse beijá-la, mas ela escondeu a cara com o leque.

— Em China, disse.

Fez-se um silêncio. Tinha reduzido ao mínimo o ângulo de oscilação do leque, só dava para jogar um pouco de ar no pescoço, supus que isso indicava que seu coração também tinha se fechado embora nada impedia que significasse exatamente o oposto, me tranquilizava saber que não tinha nada nas mãos, talvez isso também a confundisse.

— Você me mostrou a lona, saltei do quadragésimo terceiro andar, você a tirou e eu acabei detonado no chão. — Busquei responsabilizá-la pelo meu fracasso.

— Dói? — se fez de desentendida.

— Não, enquanto houver esperança — concordei. — É mais, já estou subindo as escadas de novo.

— Precisa provar de andar mais baixo eta vez.

Interpretei suas palavras como um convite a tentar beijá-la de imediato mais uma vez, mas ao mesmo tempo me ocorreu que talvez a chave para responder adequadamente a suas insinuações estava em tomá-las como de quem vinham, uma pessoa que chegou do outro lado do mundo, e fazer sempre o contrário do que indicava o sentido comum deste lado do mundo. Então, fiquei quieto. Ela começou a mover o leque de forma cada vez mais lenta. Por fim o abaixou e, com um movimento rápido, fechou-o. Depois me olhou impaciente e eu já não fiquei mais quieto.

O amor, prática e teoria

Amor é como Tao, que
preenche todos os vazios.

Tung Rai, Reino de Ch'ao

No começo só podíamos fazer amor ao ar livre, Yintai dizia que os lugares fechados a sufocavam e não a deixavam gozar com plenitude, eu nunca havia feito muito longe de uma cama e menos ainda num lugar sem teto nem paredes, mesmo assim acatei seus desejos incondicionalmente, acho que por ela não teria me importado de fazer num teatro da avenida Corrientes ou, se fosse o caso, na própria avenida. Essa primeira vez nos amamos na praça depois de beijarmos durante horas, para Yintai as pessoas beijando nas praças eram o que Buenos Aires tinha de mais lindo, na China aparentemente era proibido ou não era costume, perdiam seu tempo fazendo tai chi chuan quando beijar era muito mais relaxante. Outros dos lugares que tentamos depois foram os jardins frontais das casas e as descidas de garagem dos edifícios, também os bosques de Palermo, embora não pareça, a cidade é bastante generosa em locais não convencionais para se acasalar, basta flexibilizar um pouco o conceito de intimidade para que quase cada rua tenha seu canto-quarto.

Compelidos pelas circunstâncias nossos acasalamentos deviam ser muito discretos e por isso Yintai me iniciou no que poderíamos chamar o êxtase estático, ao contrário da chinesa saltimbanca que Li tinha me pagado no domingo pela manhã seu método seguia a premissa de que o prazer deriva menos do movimento do que da quietude, ela o chamava wuwei, significa não ação, é algo taoista. Não é que não houvesse fricção, mas só acontecia no começo e com o único fim de ir minguando depois, o in crescendo natural fazia com que o coito se transformasse assim num tipo de decrescendo e os corpos acabavam unidos num orgasmo perfeitamente imóvel. Para comemorá-los Yintai não emitia gemidos ou gritos, mas cantava, muito devagar e com uma doçura que me fazia tremer ela acompanhava seus espasmos com o que pareciam canções de ninar, ao menos foi isso o que imaginei na primeira vez que as ouvi e já não conseguia escutá-las sem "me derramar" ao lado dela.

— Você geme e grita quando toma banho?

— Há?

— Nada, besteira.

Depois do amor Yintai costumava falar sobre a China, com seu sotaque cantado caribenho de vocais alongados e engolindo os esses duas vezes, a primeira por ser chinesa e a segunda por ser cubana, ou vice-versa, me contava como tinha sido sua vida lá e me descrevia as paisagens de seu país, me explicava coisas do budismo ou do zodíaco, ia me ensinando palavras e frases, para mim seus contos caribenho-

orientais me hipnotizavam por completo e quando eu voltava a pene-
trá-la fazia como um viajante que retorna a seu lar. Porque apesar de
até então eu me considerar homem de uma só vez, muito raramente
tinha com Vanina um segundo orgasmo, ela agradecia se conseguia o
primeiro, com Yintai por outro lado descobri que minha tolerância
ao prazer era bem maior do que eu suspeitava. Contei incrédulo que
podia segui-la às alturas três e até quatro vezes seguidas, às vezes sem
tirar e apesar de que com cada nova sessão a quietude se tornava mais
e mais dramática tínhamos os últimos picos de êxtase praticamente
sem respirar. Tudo isso visto sempre de fora, por dentro o movimento era pouco menos que frenético, em meu caso talvez não tanto
porque era um principiante, mas o que Yintai conseguia fazer com
seus músculos mais íntimos era algo francamente assombroso, por
momentos até me dava um pouco de medo e eu disse isso a ela.

— Às vezes imagino que vai me…

— Eu também imagino que vou te…

— E vai me…?

— Jamai.

Aconteceram outras coisas durante esses primeiros dias de paixão, e não de pouca importância, mas minha cabeça estava em
Yintai, esperava o entardecer como um tigre enjaulado, sua ração
diária, e durante as longas horas que passávamos caminhando ou
gozando o resto do mundo deixava de existir, nossos beijos poderiam
ter começado em Buenos Aires e terminado em Hong Kong que eu
nem teria me dado conta. Até então, o amor era para mim como
a palavra "chinês", uma dessas palavras onde incluímos tudo que
acaba sendo estranho ou íntimo demais para que nos preocupemos
em decifrar, o limite contra o qual o intelecto acredita se chocar

cada vez que se propõe a entender algo muito novo ou já infinitamente velho. Com Yintai e à medida que aprendia sua língua também minhas sensações foram ganhando nitidez, o chinês deixava pouco a pouco de ser o fim de todo idioma inteligível para se converter no início de mais um, por acaso o mais interessante de todos, e o amor já não me parecia um álibi para explicar o que eu sentia, somente o melhor motivo para senti-lo, o único real.

Ao término de nossa primeira semana de amor, Yintai me disse de surpresa que já podíamos começar a dormir juntos, voltei a me instalar nos fundos do restaurante e só então ela me explicou que nossos encontros ao ar livre tinham como objetivo me preparar para o que viria agora, não entendi do que estava falando até que a noite chegou e tivemos que fazer amor na mesma cama onde também dormia seu filho, emocionado comprovei que Yintai realmente cantava, durante o orgasmo, canções de ninar.

Dormindo ao lado de Yintai
(um sonho chinês)

SOU MARCO POLO. DÁ PARA NOTAR PELA CAMISETA COM GOLA. COM a minha caravana cruzo Catai. Não tenho mapa. Deixo-me guiar pelos cartazes. Rota da seda, indicam. Ao lado há vendinhas de produtos. São oferecidas falsas porcelanas da dinastia Ming, vestidos de seda sintética, relógios Rollex, serpentes em pasta de amendoim, bebês de sexo feminino.

Faço escala no povoado dos copistas. Os pintores se apresentam não com seus nomes, mas com o do pintor que imitam. Olá, sou Vam Gog. Olá, sou Picazo. Pintam com tinta chinesa, por isso os quadros saem em preto e branco. Pergunto onde estão os originais e me dizem que nunca os viram. Copiam de suas próprias cópias, cada vez com mais precisão. Têm esperança de algum dia serem iguais a si mesmos. Vendo como trabalham tenho uma ideia. Anoto-a para comentá-la a meu amigo Juan Gutenberg (avô).

Chegamos ao rio Amarelo. Descubro que é vermelho. Neste rio todos os peixes são iguais, comenta um pescador obeso gargalhando. Em lugar de pinto tem um bastão de beisebol. Usa-o para pescar. Na ponta está pendurado um balde de poço. Não precisa de isca: os peixes se matam entre eles para subir. De vez em quando ele os tira, coloca-os em seu cachimbo e os fuma.

Mais tarde cruzo com Gengis Khan. Ele me confessa que não é mongol, mas japonês. Sob a aparência de um conquistador inescrupuloso que subjugou o Império Celeste sua missão é outra: implantar a moda do karaokê e assim dominá-lo para sempre. O método que usa para isso é o clássico: capturar as pessoas e não deixá-las partir até que cantem uma canção.

Chego ao mosteiro de Shaolin. Sou recebido com sopa de cão temperada com casca de gingko milenar. Além dos preconceitos, tem um sabor horrível. Os monges me mostram passos de dança. Eles dizem que são de guerra. Mais tarde vamos ao mosteiro propriamente dito. Envolvidos em túnicas laranja nos sentamos na posição de lótus e rezamos para uma figura de bronze também envolta em túnicas e sentada na posição de lótus. Talvez seja a figura que reza para nós.

Chego à Grande Muralha. Sempre que me falaram ou vi uma reprodução de um quadro ou de uma estátua, ao ver as obras ao vivo e direto sofri uma tremenda decepção, pois invariavelmente as obras reais eram menores do que as imaginadas. Neste caso, ocorre o oposto: a Muralha é muito maior do que o esperado, o que de alguma forma também me decepciona. Empoleirado em uma das torres penso em todos os que tiveram que morrer para que fosse construída, talvez mais dos que morreram nas invasões bárbaras, que a construção

UM CHINÊS DE BICICLETA

tentou evitar. Por isso decido não falar da Grande Muralha nas minhas memórias.

Quero aprender chinês, mas não posso porque a cada 100 li mudam de dialeto. Quero aprender seus costumes, mas também não posso porque a cada 100 li mudam de etnia. Por isso decido visitar Kublai Khan em Beijing e ficar um tempo com ele. O Kublai é gente fina. Um grande jogador de pingue-pongue, além do mais. Ele me oferece o cargo de prefeito e digo: Perfeito! Kublai tem uma mulher de cada etnia e de cada dialeto de seu país. Para compensar por meu trabalho posso pegá-las emprestadas livremente. Passo cada noite com uma diferente. Em 17 anos não consigo aprender o idioma nem os costumes do país.

Conheço Mao Tsé-Tung, que diz ser poeta. Surpreendo-o escrevendo "Como um istmo", um poema que segundo ele está destinado a ser um verdadeiro clássico sobre a luta de classes. Ele me pergunta se quero que o leia em voz alta, digo que não, lê da mesma forma. Mao tem problemas para pronunciar o erre. Falo sobre o problema, mas ele me assegura que é um Te, uma qualidade. Seu sonho, me confessa, é que todos os chineses aprendam a pronunciar o erre como ele. Ao desafio dá o nome de A revolução gutural.

Caminhando pelas profundezas marginais de Beijing me ofereceram ópio. O melhor transporte para a outro mundo, me asseguram. Fumo e, na verdade, acordo.

O amor, teoria e prática

AO CONTRÁRIO DOS CHINESES QUE ULTIMAMENTE ESTAVAM CHE-
gando ao país, Yintai não vinha de uma província pobre como Fujian,
mas de uma casa acolhedora de Beijing, seu pai era membro do
Partido Comunista e trabalhava em missões secretas para os cuba-
nos, isso lhe dera a possibilidade de estudar nas melhores escolas e na
universidade, faltavam apenas umas poucas matérias para se formar
como arqueóloga. Teve que fugir da China antes de terminar seus
estudos para proteger Shao Mien, assim se chamava a criança que
jogava badminton montado em sua bicicleta, o pai da criança não só
tinha fugido com sua melhor amiga mas ainda a acusara de adulté-
rio e lutava pela guarda do filho, em qualquer outro contexto o pai
de Yintai poderia ter usado seus contatos, mas neste caso seu contato principal era casualmente o pai do marido de Yintai, também
membro do Partido. Ao que parece, a corrupção dentro do Partido
Comunista chinês estava tão organizada como qualquer trâmite legal, a única coisa que fazia o Comitê central de inspeção disciplinar

147

era se ocupar de que as autoridades corressem segundo as diretrizes estabelecidas pelo comando e dentro de um quadro tão ou mais burocrático que o legal, até as atividades proibidas que naturalmente surgiam à margem da corrupção oficializada caíam rapidamente sob a jurisdição de subsecretarias dependentes daquele Comitê e em última instância do governo que se pretendia enganar.

A casa em que Yintai tinha vindo parar em Buenos Aires não era a de seus progenitores nem mesmo de outros membros da família, pareciam ser dissidentes que o pai de Yintai havia conseguido tirar da prisão fazia muitos anos e por isso agora eram obrigados a acolher Yintai como uma filha, nem o avô era seu parente, mas do chinês que tinha conseguido a licença para montar um restaurante.

— E Li?

— Não sei. Certamente fez favor. Favor grande. Chinê não gotam pedir favore. Chinê muito inpendente, orgulho muito. Só pedir favor em situação muito extrema e depoi ter dívida toda vida. Chinês não conhecer fravozinho.

— Favorzinho? Como assim?

— Sei lá. Aqui você pede favorzinho e depois tchau, se te vi nem me lembro.

Yintai poderia ter se mudado para um lugar melhor, seu pai lhe mandava dinheiro, e a confecção de vestidos tinha seus lucros, mas ela mas preferia viver lá para economizar e poder viajar para o México, seu sonho era partir com dinheiro suficiente para se dedicar por completo a corroborar arqueologicamente a tese de que os chineses haviam descoberto a América muito antes dos europeus e que a cultura maia descendia diretamente do Império Celeste, de fato o nome maia era, aparentemente, chinês e significava algo como

UM CHINÊS DE BICICLETA

segundo cavalo, o que já provava que os americanos estavam familiarizados com os equinos muito antes da chegada de Colombo.

— E por que os chamaram assim?

— Isso etar dicussão. Um dizem que objetivo humilhar o que vem depois. Etratégia muito antiga, o que conquitar terra ou mulher tem direito colocar nome. Então colocar nome de zombaria para o que vem depoi e acreditar que são primeiro.

— O que não calcularam é que os espanhóis não entendiam chinês.

— Isso também etar dicussão. Um dizem que entendiam e que por isso fazer o que fazer com índio.

Segundo outra interpretação, a mais convincente para Yintai, o nome aludia ao caráter secundário da cultura maia, a seu papel de cópia em relação ao original chinês, claro que uma cópia simplificada, quase simbólica, como de acordo com certos mitos o cavalo é em relação ao dragão. Toda cultura altamente desenvolvida teme pelo futuro das suas conquistas, me explicava Yintai, os Estados Unidos têm enterrados em bunkers antiatômicos e lançou ao espaço em caixas herméticas discos dos Beatles, bíblias, lâmpadas, rádios e outros objetos que representam sua civilização para que se conservem para as gerações vindouras ou sirvam de referência aos extraterrestres, em seres distantes seja no tempo ou no espaço o objetivo é perdurar. O mesmo teriam buscado os homens das cavernas com suas pinturas rupestres, os antigos egípcios com suas múmias, os gregos com seus anfiteatros e suas tragédias e os romanos com seu afã de expansão, mas ninguém tinha levado seus anseios de transcendência ao extremo de sutileza como os chineses, com séculos de antecedência

149

eles tinham navegado os mares para semear do outro lado do mundo não um texto ou um objeto, mas a base de toda a sua civilização.

— É como se fizessem um *backup* caso o sistema deles caísse.

— Fazer *backup* é primeiro sintoma de que sitema já cair ao pedaço.

Enquanto a China tinha entrado em decadência pela estagnação própria do sistema dinástico, continuou me esclarecendo Yintai, embora não de uma só vez, mas pouco a pouco, enquanto costurava ou depois de fazer amor, suas longas pernas enroscadas nas minhas e sua mão brincando com os pelinhos dos meus braços e das minhas axilas, enquanto a China tinha se afundado em lutas hereditárias e corrupção generalizada, os maias tinham conservado as tradições em toda a sua pureza. A prova mais palpável dessa integridade virginal era paradoxalmente o erotismo, segundo a tese revisionista à qual Yintai aderia os caracteres chineses eram em seu início pornográficos e isso era visto com toda clareza no conteúdo não apto para menores nítido nos caracteres maias. Para me convencer dessa teoria mostrou letras maias, eram como cubinhos cheios do que pareciam homens ou animais retorcidos, me fizeram lembrar esses contorcionistas orientais que entram em caixas herméticas de vidro e passam dias e dias sem se mover nem beber, só para bater não sei que recorde, o da estupidez humana, de repente. Yintai insistia, por outro lado, que se tratava de desenhos pornôs tipo hentai e que isso demonstrava que o alfabeto maia e por consequência também o chinês eram em sua origem uma espécie de Kama Sutra pictórico, um conjunto de desenhos onde se viam homens e animais copulando em número variado e nas posições mais diversas, muitas das quais tinham sido perdidas ou nos pareciam indecifráveis como se perdem ou se tornam indecifráveis certos sons de um idioma, certas palavras ou costumes.

— Está dizendo que antes tinham mais imaginação na cama?

— Claro, porque não tinham cama.

Para Yintai era evidente que um alfabeto feito de posições sexuais só podia gerar palavras cujo significado literal fosse erótico e que somente num sentido figurado teriam chegado depois a significar outras coisas, segundo ela o típico duplo sentido de toda palavra acontecia de forma inversa, como se disséssemos que em maia a palavra *empanada* significou primeiro *vagina* e muito mais tarde pastelzinho com recheio, ou que expressões como *plantar a mandioca* significaram no princípio fornicar e que só com o tempo a plebe começou a usá-la no sentido impróprio de *plantar um tubérculo* e muito depois no já descarado de *praticar a agricultura*.

— Ou seja, segundo sua teoria os maias eram uns sexopatas.

— Não, sexopata não. Hedonita. Enquanto chinê fazer arte marcial, ele continuaram fiel ao Chay Toh.

— Que em chinês significa...

— Homenagem ao peixe. Mas não chinês, maia. Já vê soa parecido.

— O que viria a ser essa homenagem ao peixe?

— Como wuwei. É grau máximo quietude corpo. Grau máximo gozo físico.

— Ah, o que estivemos buscando como arqueólogos.

— O que poder fazer agorinha mesmo de novo se quiser.

33

ALÉM DE PASSAR O TEMPO COM YINTAI FIZ OUTRAS COISAS EM MINHA terceira semana de cativeiro, uma delas foi trabalhar com Lito no roteiro de nosso mangá vernáculo, sempre ao acordarmos porque mais tarde eu o perdia, era como estar com a minha mãe à exceção de que ele não bebia, mas fumava e quando fumado não dizia incoerências ou talvez dissesse, mas em japonês, o pobre-diabo pode ter acreditado que estava de volta à sua pátria. Para não tirá-lo de sua ilusão às vezes ficava conversando com ele, era como miar para um gato, Lito dizia algo que certamente era de vital importância e eu respondia com sons que não significavam nada, ele insistia como se achasse estranho que eu não conseguisse articular e eu voltava à carga fazendo gestos tão incompreensíveis quanto minhas palavras, talvez de fora até parecesse que estivéssemos nos comunicando. Da mesma forma, na maior parte das vezes preferia deixá-lo sozinho com seu delírio, cortava meu coração ver esse japa azarado escapando de suas frustrações através do ópio, assim como os brancos sempre sentiram

153

desprezo pelos negros mas também admiração, os chineses ou nos causam muita graça ou uma tremenda tristeza, por outro lado nós para eles causamos simples indiferença.

O mangá de "argenchinos" que fui criando com Lito era formado por sete personagens: o pidão, um chinês da escolinha de Jáuregui que depois de uma breve temporada como jogador reserva agora trabalha regando o estádio de futebol do Defensores de Belgrano, não regava com a mangueira mas diretamente a cuspidas, o apelido vinha do hábito de pedir cigarros; o dragão drogão, um ator chinês fracassado que ganhava seus pesos vestindo-se de dragão em festas infantis, ao menos ele dizia que era um dragão, as crianças não acreditavam; o caseiro Alfredo, que não trabalhava cuidando de casas, pelo contrário, nunca saía da sua, se fazia chamar de O maia de maiô porque andava todo dia de cueca, com a desculpa de que estava cultivando bonsais gigantes realizava suas investigações que tendiam a demonstrar que os chineses descendiam dos americanos; Palitos, duas irmãs gêmeas muito magras que trabalhavam de caixa num mercado chinês e sempre andavam juntas deixando os caras com tesão, depois nunca acontecia nada, eram chinesas mas se comportavam como portenhas típicas; Carlitos Tangram, dono de uma loja que de acordo com o dia da semana funcionava como consultório de medicina oriental, escola de artes marciais, templo budista, loja de artigos religiosos, restaurante, karaokê com pista de dança, bordel clandestino ou até alguma combinação desses sete elementos (bordel budista, escola de medicina marcial, loja de artigos religiosos clandestina com pista de dança); e por último China Zorrilla, a mascote, cruzamento entre cão pequinês e gambá hediondo (*Mephitis mephitis*) que, se lhe dessem para comer alimento equilibrado com palitos, se transformava no macaco Kimono, um esquilo com patas de canguru bebê devidamente atadas para que não crescessem muito. Todos os personagens adquiriam poderes especiais quando comiam doce de leite (a ideia era procurar uma marca que nos patrocinasse) e usavam para fazer o bem, embora eu e Lito não chegássemos a um acordo sobre quais seriam esses poderes especiais e em que bens seriam investidos.

— Eu digo que cada um ao comer doce de leite dá um poder ao outro e com esses poderes eles fiquem se fodendo mutuamente fazendo investimentos em imóveis.

— Vamos, Lito, estamos tentando fazer algo sério.

— Bom, então é preciso pensar em poderes realmente argentinos, coisas que sejam especiais aqui, como por exemplo não foder o próximo. Os caras comem doce de leite e passam a ser pontuais, deixam de assoar o nariz em público, dirigem com prudência, admitem que as Falklands não lhes pertencem e começam a tratar os chineses e os bolivianos e todos os que vivem em seu país com respeito e humildade.

— Eu diria que tomam um cappuccino e deixam de cuspir em qualquer lado, aprendem a se sentar de forma correta, param de se reproduzir como coelhos e de criar máfias sanguinárias em todos os países do mundo, cortam a unha do dedo mindinho e começam a limpar a orelha com cotonetes, por fim entendem que o karaokê é a coisa mais chata do mundo e que eles não sabem cantar.

— Fiquei deprimido.

Assim como não deixava de brigar com Chen, comigo Lito sempre terminava se deprimindo, se não se refugiava imediatamente no ópio ou em seus vídeos de ópera chinesa trazia à tona os jogos de tabuleiro, tinha um armário repleto de caixas repletas de tabuleiros e fichas, típica porcaria da infância pensaria qualquer um, mas não, Lito

tinha comprado essas coisas já grande e se as tinha desorganizadas
também era por acaso, a graça consistia para ele não em jogar os diferentes jogos de mesa, mas em unificá-los. Tirava as caixas do armário,
espalhava seu conteúdo pelo chão e começava a procurar quais fichas
correspondiam a qual tabuleiro, segundo Lito os jogos de tabuleiro
(de chão, em seu caso) tinham surgido da mesma forma que os hexagramas do I Ching, combinando os elementos de um único jogo pri-
mitivo, por isso é que jogar para misturá-los e reorganizá-los era não
somente uma forma de evitar a depressão, mas também de descobrir
os parentescos entre os jogos e eventualmente chegar a reconstruir
sua fonte ancestral, o sonho do primeiro ator chinês da Argentina
era desenhar um tabuleiro que, assim como esses ginásios que têm
desenhados no chão quadras superpostas de diferentes esportes, se
adequasse a todos os jogos existentes, do Metrópolis ao Go.

— E com as fichas, como vai fazer?

— Fiquei deprimido.

34

CHEN TRABALHAVA NUM MINIMERCADO DA RUA MONROE E ME LE-vou para visitá-lo um dia em que Lito tinha um casting, ao que parece o chamavam de vez em quando para atuar em peças publicitárias ou papéis menores em telenovelas, quase sempre de chinês mafioso ou de chinês idiota, às vezes de chinês mafioso e idiota, cansado destas humilhações, Lito concordava e depois os deixava plantados no dia de filmagem, xenofobia invertida era como chamava, não entendia como é que continuavam chamando da mesma forma. Chen não era repositor como dissera Lito, mas cuidava da quitanda, me confessou que também cuidava do açougue, mas que não atendia ao público pelo preconceito das pessoas, nenhum argentino compraria comida nem para o cachorro de um açougueiro chinês. Aproveitei a ocasião para perguntar se era verdade isso que se comentava de que nos minimercados chineses se desligavam as geladeiras à noite e me disse que sim e não, não para as geladeiras que continham alimentos mas sim para as que continham refrigerantes, era uma ideia que tinham copiado das grandes cadeias de supermercados, as mesmas que depois fizeram correr o rumor de que eles desligavam os congeladores para economizar energia, adulteravam as datas de validade de produtos que traziam contrabandeados do Paraguai e que vendiam carne de cavalo velho como se fosse de vaca. Uma confidência leva a outra e assim acabei perguntando se era verdade que era castrado, Chen me disse de novo que sim e que não, mas em vez de explicar baixou as calças e me mostrou uma tremenda pica com duas bolas bem peludas, nunca tinha visto nada parecido tão de perto, balbuciei algumas palavras de surpresa e admiração.

— Não excitá, é imprante.

— Como assim, implante?

— É imprante, é mentila. Vê botãozinho ete? Apleto y fica dula.

— Ou seja, você é castrado.

— Sim, mas se você se agachá vai vê que não muito.

Perguntei se o implante tinha custado muito dinheiro e outra vez respondeu que sim e não, sim porque teve que trabalhar dez anos para pagá-lo e não porque desde a operação era impagavelmente feliz, segundo Chen o prazer mais genuíno e transcendente durante o coito não é o que se recebe mas o que se dá e para experimentá-lo um pinto verdadeiro é quase um impedimento. Perguntei também se não o incomodava um pouco esse aparelho tão grande e voltou a falar sim e não, sim porque não podia dormir de bruços e não porque com ele contribuía para desmentir o mito de que os dos orientais eram pequenos, cada vez que um laowai dizia isso de que para os asiáticos as camisinhas normais ficavam grandes ele abaixava a calça e, por assim dizer, calava a boca deles com seu vulto.

158

UM CHINÊS DE BICICLETA

— Mas é de mentira, o que confirma o mito.

— Sim e não.

— E lá vem esse sim e não.

— Aplendi de Li. Ere chama sinorogia.

Aproveitei que tinha mencionado Li para fazer todas as perguntas que não pude fazer a ele, em primeiro lugar queria saber onde estava e por que desaparecia de repente, também me intrigava por que ninguém parecia ter medo de que me reconhecessem na rua e alertassem a polícia ou de que eu mesmo tentasse fugir e denunciasse, além do mais exigia que me informassem o que especificamente se esperava que fizesse e quanto tempo mais iam me manter em cativeiro, por último e já que estávamos tratando disso, precisava que Chen me falasse um pouco mais de Yintai, não queria descobrir tarde demais que era a esposa de Li ou que já estava comprometida com o chefe da máfia chinesa. Como resposta Chen me deu um tapinha nas costas e me felicitou por meu romance, culpa minha se pergunto tantas coisas juntas e ponho no final o que na verdade menos me interessa, eu acreditava em Yintai cegamente e a verdade era que se tinha mentido para mim eu nem me importava muito, nem Li nem o chefe da máfia chinesa nem ninguém me dissuaria a essa altura de continuar saindo com ela, inclusive de adotar seu filho, de fugirmos todos juntos para o México, *güey*.

Chen voltou ao trabalho e eu também, mas não ao lado dele limpando vagem, nos corredores organizando produtos, quando eu era criança e me perguntavam o que queria ser quando crescesse, houve uma época em que dizia repositor de supermercado, eu ficava fascinado ao ver como os repositores abriam caixas e iam enchendo as gôndolas, a própria palavra gôndola tinha para mim o encanto que para outros devem ter as embarcações de Veneza. Feliz como uma criança que realiza seu sonho, me dediquei a colocar em ordem as prateleiras sem me dar conta de que minha ajuda não era necessária ao verdadeiro repositor e nem lhe agradava, só quando lhe disse que estava lá por acaso e só por umas horas é que ele deixou de me olhar com cara feia e começou a conversar, curiosamente a única coisa que fazia era se queixar do trabalho que alguns minutos antes teve medo de perder. Segundo me contou, trabalhava doze horas por dia e tinha só duas folgas mensais, se chegava tarde descontavam metade do dia e não deixavam que comesse nenhum dos produtos que organizava, nem sequer a fruta meio podre porque era vendida a um criador de porcos.

— Estou dizendo que são uns escravistas filhos da puta estes chineses de merda. Ou por que você acha que mudam de empregados a cada mês? O único momento aqui em que nos tratam como pessoa e pagam decentemente é quando você vai a uma casa entregar um pedido. A gorjeta que dá uma empregada paraguaia é mais alta do que o salário que um dono de mercado chinês paga. E pode acreditar que eles têm muita grana.

Não sei sobre o resto, mas pelo menos neste último item eu parecia ter razão, o dono do minimercado chegou perto do meio-dia numa caminhonete que provavelmente valia o mesmo que a loja inteira com todos os seus produtos, depois fiquei sabendo que aquele não era seu único carro nem este seu único minimercado, ninguém sabia com exatidão quantos, mas supunham que, de ambos, tinha mais de dois. Tirando sua caminhoneta, nada levava à suspeita, no entanto, de que se tratava de um comerciante próspero, com seus mocassins gastos e a típica jaqueta bege, poderia ser confundido com qualquer chinês que havia acabado de chegar ao país, quando ficou

UM CHINÊS DE BICICLETA

só de camiseta e ainda mais quando a levantava para ventilar a barriga seu aspecto já concorria com os dos indigentes que entravam para pedir caixas de papelão.

Ao meio-dia comi junto com ele e Chen, aos poucos também se somaram depois a garota que era caixa e o encarregado da loja, os dois mais jovens que eu e tinham o cabelo alisado e tingido, Lito e Chen também faziam malabarismos para dominar a floresta que crescia sobre suas cabeças, Yintai era a única que tinha sido agraciada com uma cabeleira sedosa, por algum motivo havia tantos cabeleireiros, salões de beleza, como eles chamavam, na rua Arribeños. A conversa, obviamente em chinês, Chen ia me traduzindo em partes, centrou-se a princípio no boicote dos caminhoneiros, aparentemente um chinês tinha ferido a balas um distribuidor de refrigerantes e o sindicato de caminhoneiros planejava fazer justiça se negando a abastecer todos os minimercados com donos dessa nacionalidade. Segundo o dono, segundo Chen, nenhum chinês tinha atirado em ninguém, o problema era que os caminhoneiros estavam reclamando um pagamento especial para os minimercados porque, segundo eles, segundo o dono, segundo Chen, o volume de mercadoria que deviam transportar diariamente variava muito e isso ocasionava perdas. Os chineses, por outro lado, não queriam pagar nada a mais e, em troca, propunham montar sua própria frota de distribuidores, de fato já tinham começado a montá-la e no fundo isso era o que o sindicato tentava impedir a todo custo, afinal Lin estava fazendo esse trabalho e pouco havia faltado para que acabasse pior do que acabou.

Como nesses filmes orientais onde as legendas desaparecem por um tempo, nunca saberemos se por negligência dos legendadores ou pela obscura mão de um censor, a conversa derivou depois para outros aspectos do negócio que Chen supôs que não me interessariam, ou em todo caso acreditou ser conveniente não traduzir para mim. Não foi de todo mal, na verdade, porque eu havia ficado pensando em Li e nos caminhoneiros, pensei que esse conflito sindical era a chave do enigma que eu devia ajudá-lo a resolver e minha primeira hipótese foi a de que os incêndios e a posterior prisão de Li tinham sido planejados e executados pelo sindicato para demonstrar seu poder e assim obrigar os chineses a pagar. Isso também explicava por que Li me iniciara na manupuntura, no Falun Gong e nos filmes de artes marciais, de repente ficou muito claro que a seita representava o sindicato, a manupuntura aludia a que pediam dinheiro em troca de nada e os filmes faziam referência a seus cruéis métodos de chantagem, estava tentando elucidar então por que Li quis que eu deduzisse tudo por mim mesmo quando Chen voltou com as legendas.

— Dono contente com seu tlabalho. Qué contlatá-lo. Cama dentlo. Tem gato pala que os latos não morestem.

— Os latos não morestem?

— Não, la-to. Mo-res-tem.

— Ah, que os ratos não molestem. Chen, se sabe pronunciar o ele e também o erre, por que às vezes você diz erre quando é ele e ele quando é erre?

— Lamilo, se sabe tomar vinho, por que não me chupa a plótese?

Nós nos levantamos das caixas de frutas que em seguida foram ocupadas pelo repositor e pelo açougueiro, perguntei a Chen por que comiam separados e me mandou perguntar para eles, disse que sem perguntar já imaginava e me disse que então por que perguntava.

UM CHINÊS DE BICICLETA

— Mas é verdade que são escravos, que os...

— É veldade que Li come pife pela manhã e toma capé com *medialuna* à noite? É veldade que é sodado mápia chinesa?

— De onde você tirou tudo isso?

— Do jolnal, da TV. Isso diziam de Li. Isso dizem de nós chineses. Tomamos café da manhã noite e jantamos manhã. Fazemo tudo ao contlálio. E somo todo maus e tlabalhamos mápia. Ninguém conta o que Li sofleu com pleconceito. Isso é o que develiam fazer você e Lito no mangá.

— Bom, claro, já tínhamos pensado nisso.

— O jolnalista são como poeta, inventam tudo, só mentila. Te mostlo de noite, me lemble disso.

Os mistérios de Li

(Poema épico composto por Chen baseando-se inteiramente, sem uma palavra a mais embora uma ou outra a menos, numa crônica publicada no jornal *Clarín*)

No bar de Gaona número 2900
lembram-se bem de Li Kinzhong
às vezes comia
bife às sete da manhã
e regularmente tomava
café com leite às nove da noite.
Vestia roupas sujas e usava chinelos mas
tinha um celular de última geração.
Era um acelerado falando
fumava um cigarro atrás do outro e
"de brincadeira"

costumava espetar o braço com uma faca.
Os vizinhos sabem que era um dos dez
chineses que moram no quarteirão, assíduo frequentador
de todos os orelhões do bairro nos quais
falava somente chinês
e ficava até duas horas.
Ao cumprimentar fazia o gesto
de um revólver disparando
enquanto dizia: "Pum! Para Chacarita"
e soltava uma gargalhada ameaçadora.
A empregada antes ria
agora está assustada.

O caso coloca
duas opções extremas.
Trata-se de um louco obcecado
com queimar lojas ou de um soldado
da máfia chinesa que incendiava propriedades
que seriam compradas a preço vil
para convertê-las em minimercados? Os dados sobre o detido
vão nas duas direções.
No quarto de Li se achou
um mapa da capital com cem pontos marcados
pelo menos dois coincidentes com lojas incendiadas.
Foi ele quem traçou um plano
ou alguém pode estar
interessado nessas localizações?
O mapa estava numa caixa

UM CHINÊS DE BICICLETA

em cima de sua cama de solteiro
por fazer
com três pedras
para quebrar as vitrines
e uma garrafa com gasolina.
As provas o deixaram em maus lençóis mas quando o interrogaram
ele tratou de piorar as coisas.
Ao perguntarem por meio de um tradutor se
tinha incendiado as lojas disse que sim.
Mas quando perguntaram como
disse não entender do que falavam.
Os médicos consideraram
que padece de "atraso mental".
Louco ou não
sua carteira nunca coincidiu
com seu estilo de vida.
Quando o detiveram tinha
700 pesos no bolso.
"Nunca me pagou com cinco pesos.
Sempre com uma nota de pelo menos 20 pesos,
muitas vezes com 50
ou 100",
assegura um empregado e não deixa de lançar sua hipótese:
"No esconderijo antes cozinhavam
algo com peixe. Os vizinhos se queixavam.
Ele trabalhava nisso mas no ano passado
ficou a ver navios. Para mim aí é que
deve ter 'pirado'."

Ariel Magnus

Li tem uma residência temporária
seu quarto está nos fundos
de uma loja que alguma vez foi casa de ferragens.
Há um mês a Prefeitura demoliu a frente
algumas famílias chinesas se mudaram
surpreendendo os vizinhos
pela quantidade de computadores que carregaram.
Li ficou ali, já que seu quarto não foi afetado,
é o último de cinco quartos de 3 por 2 metros
com tetos de chapa, paredes sem pintar e chão de cimento.
Outros oito chineses também ficaram e continuam dividindo
o único banheiro e uma cozinha precária.
Quando a polícia perguntou a seus compatriotas
todos afirmaram não conhecê-lo
embora o acompanhassem ao café da esquina
todos os dias.
Desde a prisão, não foram mais.
As suspeitas dos vizinhos
de que algo estranho
acontece na casa de Gaona
existem desde que chegaram
os primeiros moradores chineses.
Pelos carros caros
que estacionam na frente da casa
pela aparente falta de trabalho
(não cumprem horário)
que não condiz com a boa vida

UM CHINÊS DE BICICLETA

e com os celulares que ostentam.
Também pela misteriosa Trafic
que todas as manhãs às 8:30
carrega uma bandeja com algum
tipo de mercadoria que produzem.
Um dado acabou
inquietando os vizinhos.
O rapaz magro que andava
numa bicicleta vermelha tinha
uma arma que custa 700 pesos.
Quem pagou por ela?

36

À NOITE EU JANTAVA COM LITO E CHEN NA PRIMEIRA MESA DE TODOS Contentes ou de Palitos, começávamos em três, mas sempre terminávamos sendo mais, uma sorte porque Lito e Chen não podiam ficar nem cinco minutos juntos sem brigar, de fora talvez não se notasse porque estavam obrigados a dissimular, mas com a cara mais neutra do mundo estavam dizendo as piores coisas um ao outro, eu te passo a pimenta em vez de soprar nos seus olhos porque de um jeito ou de outro sei que o glaucoma está te deixando cego, faça-me o favor de mastigar bem porque depois fica se queixando de intestino preso, sua aberração, o que você sente ao comer um camarão ou um pedaço de porco ou qualquer outro bicho que possui um QI mais alto que o seu?, nunca entendi como faziam depois para dormir na mesma cama, suponho que se davam melhor.

À nossa mesa se sentavam pelo menos por um tempo quase todos os chineses que entravam no restaurante, os que não se sentavam era porque estavam brigados com Lito ou com Chen ou com ambos, o motivo é algo que nunca descobri, as poucas vezes que perguntei de onde vinha a inimizade com tal ou qual pessoa me olharam com o mesmo espanto com que eu teria olhado se me perguntassem como tinha surgido minha amizade com tal ou qual pessoa, minha sensação era de que nem eles se lembravam muito bem das razões do distanciamento e agora conservavam as hostilidades por compromisso, como quem mantém uma amizade herdada dos pais.

— Mas se não sabem por que brigaram como fazem depois para se reconciliar?

— Não é preciso saber a origem de um resfriado para se curar.

— Provérbio chinês?

— Não. Plovélbio chinês é: se tem um ploblema que não tem sorução, pala que se pleocupa; e, se tem sorução, pala que se pleocupa.

— Ah, e o que quer dizer com isso?

— Que não se preocupe com nossa falta de preocupação.

Paradoxalmente, do que mais falavam Lito e Chen era daqueles que não se sentavam à nossa mesa, e paradoxalmente também era entre esses indesejáveis que se encontravam os personagens que eu mais me interessava em conhecer. Um deles era um ex-embaixador da China que sempre ia acompanhado de mulheres diferentes, segundo me contaram todas acreditavam que ele continuava sendo embaixador e o convidavam em troca de que usasse suas influências para acelerar algum trâmite, de vez em quando a mulher da vez se dava conta da fraude no meio do jantar e ia embora, obrigando-o a pagar, ele sempre encontrava uma nova para substituí-la, talvez tivesse alguma qualidade verdadeira. Normalmente os ex-embaixadores chineses voltam para seu país de origem, mas este homem cometera alguma imprudência durante sua gestão e o governo havia impedido seu regresso, aparentemente era uma prática comum isso de que os embaixadores imprudentes fossem castigados com rigor, os que estavam num país rico eram mandados a um país pobre e os que estavam num país pobre eram abandonados sem eira nem beira, sem papéis nem dinheiro nem proteção alguma, daí o alto nível acadêmico e os modos diplomáticos de tantos comerciantes chineses espalhados pelos países menos habitáveis do planeta. Além de montar uma loja de besteiras importadas, este ex-embaixador tinha fundado e dirigia o jornal *O Empório Celestial dos Conhecimentos Benévolos*, o mesmo onde eu tinha procurado meu nome durante os primeiros dias de cativeiro, o único da comunidade chinesa na Argentina embora pensado não como um serviço para ela, mas como uma forma de reabilitar seu diretor, segundo Lito *O Empório* era tão absurdamente oficialista que os próprios funcionários às vezes tinham que sair para desmentir as maravilhas que se diziam sobre a China, por exemplo, foi de suas páginas que uns anos antes tinha começado a correr o rumor de que os chineses estavam pensando em comprar a dívida externa argentina por pura caridade.

— Como você vê, os chineses que só leem *O Empório*, e asseguro que há vários, eles têm uma imagem bastante deformada do mundo.

— A julgar pelos poemas do Chen, não acredite que os que leem jornais em espanhol também têm uma imagem muito mais verídica.

— Bom, mas pelo menos podem escolher em qual mentira preferem acreditar.

Outro que não se sentava em nossa mesa era um ancião misantropo que comia sempre sozinho num canto, seu nome era Ts'ui Pên

e diziam que sua casa estava localizada no meio de um labirinto inacessível, segundo Lito era uma forma um tanto irônica de dar a entender que vivia no Parque Chas ou talvez entre as vias de Coghlan.
Ts'ui Pên era o único na comunidade que dominava a arte da caligrafia, quase todos os cartazes do bairro tinham sido desenhados por
ele e nenhum cartão de visitas importante era feito sem sua assinatura, a técnica deste ancião era célebre por sua beleza, mas também
porque derivava da velha escola abolida por Mao, e, como se negava
a ter discípulos, com ele desapareceriam em breve não só o único
artista de seu tipo na Argentina, mas também um dos últimos que
tinham sido educados segundo o preceito mais importante da caligrafia tradicional chinesa, quer dizer, o analfabetismo. Segundo me
contaram Lito e Chen, nas antigas escolas de caligrafia se ensinava
a forma das palavras mas não seu conteúdo, os velhos mestres desta
disciplina sustentavam que ignorar o significado do que se rabiscava
com o pincel era condição necessária para realizá-lo corretamente,
ter desconhecido ou por acaso deixado de lado este princípio básico
da reprodução explicava por que os copistas medievais do Ocidente
cometiam tantos erros, erros que na pior das hipóteses pagávamos
depois com esses fabulosos mal-entendidos ao redor de uma palavra
malcopiada que nós chamávamos filosofia.

— São como os eunucos nos haréns, para que não cometam
erros castram seu conhecimento.

— He, mas há maneila muito mais intelessante de pelveltê con-
cubina.

O analfabetismo naquelas escolas era tão importante que não
se limitava à negação do alfabeto mas era ensinado ativamente com
livros de exercícios, jogos em grupo e atividades esportivas, longe de

ocultar da criança os significados dos kanjis ou de enganá-lo com significados falsos o que se lhe inculcava era a utopia universal de que cada desenhinho significava todas as coisas que ele quisesse, bastava desejar que uma palavra significasse uma coisa para que assim fosse e bastava deixar de desejá-lo para que significasse outra, mais tarde com as primeiras cartas de amor ocorria então que sem intervenção do docente a criança experimentava dificuldades para se comunicar com seus companheirinhos e era assim que em algum momento acabava perdendo a fé na escrita como forma de comunicação em geral, momento em que por fim estava em condições de seguir a trilha de Ts'ui Pên.

— Aquele que busca a eludição deve aclescentar conhecimento todo dia. Aquele que busca o Tao deve leduzir conhecimento todo dia.

— Ahá. Confúcio?

— Lao Tsé.

— Hummm. E o que seria o Tao?

— Se soubesse, nunca o arcançalia.

— E como vai alcançá-lo se não sabe o que é?

— E como vai saber o que é se não arcançar?

— Porque alguém te contou, porque leu nos livros, porque viu fotos, sei lá, há milhares de formas de saber algo sem alcançá-lo.

— Foto do Tao, essa sim é boa!

— Vocês acham que tudo é uma bola de futebol, não? Um argentino recebe um livro que tem milhares de anos e que é o guia espiritual de centenas de milhões de pessoas e o que fazem?, joguinhos. Primeiro uns joguinhos e depois chuta para a torcida. E a torcida aplaude. Porque a única virtude reconhecida neste país é a irreverência.

— Bom, desculpe, não queria ofendê-los.

— Já sei. Isso é o que os salva. No final, tudo termina com um churrasco.

37

A CASA TINHA MUDADO QUANDO VOLTEI A VIVER COM YINTAI, NÃO só porque estava tendo um romance com ela mas também porque tudo adquiriu um novo sentido graças às suas explicações, as atitudes mais misteriosas passaram a responder às causas mais razoáveis e os diálogos perderam, depois de traduzidos, qualquer nuance esotérica ou ameaçadora. Graças a Yintai entendi por que Chao tomava chá num frasco grande de Nescafé (eu achava que era para dar mais sabor à infusão, ou porque quando era criança tinha quebrado uma taça de porcelana e seu pai o fez comer todos os pedacinhos, mas nada disso, o chá era medicinal e o médico tinha receitado que tomasse exatamente essa medida por dia); também soube por que Fan regava as plantas com a mesma água que usava para lavar o arroz (nenhuma relação com a arte do ikebana, só para economizar) e por que o velho não segurava o cigarro entre o dedo médio e o indicador como qualquer pessoa normal ou entre o indicador e o polegar como qualquer cara metido a espertalhão, mas entre o dedo anular e o médio (costume). Não digo que essas correções tenham feito a vida muito mais interessante, mas a deixavam mais real, com isso não quero dizer que torná-la mais real fosse algo necessariamente bom, embora fosse inevitável, não é bom estar todo o tempo intuindo conspirações em cada conversa ou adivinhando ritos satânicos em cada gesto só porque não entende o idioma ou a cultura, quando existe uma oportunidade como a que Yintai me dava é sempre um absurdo não aproveitá-la.

A verdade, de qualquer forma, é que eu teria preferido a ignorância. Será besteira da minha parte dizer isto, mas se esse pátio cheio de gente estranha tinha algum encanto era que eu não entendia a metade das coisas que aconteciam, desde o momento em que tudo teve sua explicação, as fantasias se acabaram e a única coisa que se tornou mais real, sem dúvida, foi o tédio. De que me servia conhecer o nome das plantas se agora também sabia que não eram budistas, quer dizer, carnívoras? Que necessidade tinha eu de que Yintai me revelasse que o instrumento pendurado na parede se chamava Cachimbo e servia para tocar Li-yüeh ou música sacra se minha esperança secreta era que um acorde desse charango gigante fizesse explodir o equipamento de karaokê, coisa que não aconteceu? Por que tive que saber que Chao já tinha decretado que o filho de Yintai não tinha aptidão para o badminton se era muito mais simpático pensar em nacionalizá-lo e fazer dele o primeiro argentino campeão mundial desse esporte?

As conversas durante o jantar eram completamente banais e as letras das canções que Chao lhe cantava ao espelho eram quase mais bobas do que eu havia imaginado, só que imaginá-lo me causava graça, mas saber não. A maior decepção, no entanto, foi para mim o

UM CHINÊS DE BICICLETA

avô que fazia contas com o ábaco, primeiro porque não tinha netos conhecidos nem mesmo filhos e segundo porque não usava o ábaco por tradição ou prazer, mas porque a calculadora estava quebrada e era muito mão de vaca para comprar uma nova. Eu tinha imaginado que era um astrólogo que conjeturava com seu instrumento milenar a posição dos planetas, mas o que o velho fazia, na verdade, era calcular o lucro que teria ganhado com negócios que, ainda por cima, nunca tinha concretizado, falava o dia todo dos grandes investimentos em ações que tinha estado a ponto de realizar e as marcas bem-sucedidas de produtos eletrônicos (calculadoras, por exemplo) que tinha visto nascer, mas que, por prudência, tinha se negado a investir seu dinheiro. A frase com que concluía todas as suas elucubrações matemáticas e que eu tinha tomado como uma sentença de Confúcio era o clássico lamento do miserável: Com um pouco mais de sorte, hoje seria rico.

Não muito diferente, embora me doa admitir, foi a decepção com Yintai e suas companheiras de costura, apesar de eu nunca ter acreditado nem lá no fundo, teria desejado que suas conversas versassem sobre a situação das mulheres no mundo árabe ou a volta da esquerda nos governos latino-americanos, a verdade é que descobrir que falavam sobre os problemas de seus maridos ou sobre o que viam na televisão chinesa foi uma surpresa nada grata, pelo menos de Yintai eu esperava um pouco mais de inteligência e sensibilidade, afinal ela me falava sobre romances de Amy Tan, Pearl S. Buck e Zoé Valdés que lia à noite enquanto eu jogava no Playstation com seu filho. Até no que diz respeito à comida, as explicações de Yintai só me trouxeram desilusões, os pratos que eu acreditava serem especialidades do Extremo Oriente na verdade eram croutons, ervilha e ajiaco,

Ariel Magnus

típicas comidas caribenhas preparadas de acordo com as receitas da sua mãe, claro que não por isso deixavam de ser gostosas, mas ficou um sabor amargo por descobrir assim, é feio perceber que somos ignorantes mesmo das coisas que nunca nos importou saber.

O mesmo esquema se repetia do lado de fora quando eu saía com Yintai para fazer as compras na Casa Chinesa ou na Ásia Oriental, aqui é onde os chineses compram e os brancos atendem, nos alto-falantes ficam tocando músicas da Madonna ou do Abba cantadas em chinês, e também quando eu a acompanhava ao salão de beleza da esquina de Olazábal, ventosa medicinal, reflexologia, auricolo-terapia, em nenhum lugar o que se via era um mistério por muito tempo e nenhuma das pessoas com que cruzávamos tinha algo muito maravilhoso para dizer, o que escutei traduzido de Yuntai de mais interessante esses dias foi que em vez de fermentado, colocavam açúcar no molho de soja argentino e por isso ele não dá cor à comida nem é tão saboroso quanto o chinês. Pouco a pouco, viver no zhong guo cheng foi se parecendo cada vez mais com viver em qualquer outro bairro de Buenos Aires, o meu por exemplo, só era preciso trocar os chineses pelos galegos e as *medialunas* pelas sopas instantâneas, o mate pelas garrafas térmicas gigantes para fazer o chá e as fotos de Gardel pelos quadro com cataratas de água móvel, eu não sei para que as pessoas viajam se no fim tudo termina sendo mais ou menos igual ao que se tem em casa.

38

SHAO MIEN, O FILHO DE YINTAI, EU O CHAMAVA DE SUSHI, ERA LOUCO pelos ursos panda, ao que parece todos os chineses são, eu nem sabia que o urso panda era originário da China, nem acreditei totalmente até em frente à jaula do zoológico e ler o cartaz, *Ailuropoda melanoleuca*, da família dos ursídeos. Acontece que já nesse momento um vendedor tinha me assegurado de que o cubo mágico era uma invenção chinesa quando eu sabia que não era verdade, a família de Vanina era da Hungria e eles tinham me contado que era uma invenção tão húngara quanto o gulache e a caneta, apesar do que pensam os argentinos, o problema é que, como os chineses inventaram tantas coisas, acham que inventaram tudo, agora deixam que outros inventem e vivem de fazer cópias baratas e de duração limitada, milênios de história para acabar sendo os reis do efêmero. Fomos então com Sushi para ver o urso panda no zoológico, fiquei com pena por ser sua primeira vez no lugar, como ia ao colégio chinês da rua Montañeses com os filhos dos diplomatas, as crianças eram proibidas de fazer viagens educativas, a própria Yintai não tinha passado das Barrancas mais do que para resolver alguns assuntos e voltar.

— Depois se queixam de que os acusam de ser uma comunidade tão fechada quanto seus olhos.

— Quem se queixa?

— É verdade. São tão fechados que nem se importam.

— E você tão aberto que só que importa é ver que fazem outro.

Era um bom sinal, isso de que pudéssemos jogar na cara nossas diferenças culturais, com Vanina pelo menos fazíamos isso o tempo todo, eu escondia presunto nas suas comidas e ela queria me convencer a todo custo de que me fatiassem o prepúcio, depois tudo acabou como acabou, mas nesse aspecto acho que foi uma relação até certo ponto saudável. Mas essa mania minha de comparar meu amor atual com um já morto é que era insana e um mau sinal, é que além das óbvias diferenças entre ambas tanto Vanina quanto Yintai me apresentaram a um mundo completamente novo para mim, antes de conhecer Vanina eu de judaísmo sabia tanto quanto de ursos pandas ou comida cubana antes de conhecer a Yintai, em vez de iídiche os avós da minha ex poderiam ter falado mandarim que eu nem teria percebido. Meu palpite é que os portenhos em geral não costumamos notar muitas diferenças entre as nacionalidades, bem longe estão os chineses e um pouco mais perto os turcos, depois vêm no sul os carcamanos e no norte os piratas, dos Pireneus para cá só há galegos e da Amazônia para baixo são todos brazucas ou bolivianos, muita gente nem deve ter se dado conta de que no Once os coreanos já quase substituíram os judeus, enquanto continuarem vendendo barato não interessa.

— E urso pamba?

UM CHINÊS DE BICICLETA

— Já vamos encontrá-los.

Chegar até o panda não foi fácil, estava isolado dos outros de sua espécie na assim denominada região chinesa do zoológico, uma espécie de ilha a qual se acessava por uma ponte de madeira, isso do riacho com a pontezinha arqueada é muito chinês, talvez eles tenham inventado, com certeza acham isso. Um cartaz dava as boas-vindas em kanjis, mostrei orgulhoso a Yintai, mas ela viu isso com a maior naturalidade, parecia muito óbvio que sua cultura fosse honrada embora dessa forma não muito honrosa, dentro só havia o pagode onde se escondiam o urso e um par de frases de sabedoria oriental, também um edifício de nove andares começa pelo primeiro, veja só. Chegar até o urso não foi fácil, mas conhecê-lo foi mais difícil ainda, no início o bicho não queria sair de sua caverna e quando saiu havia tanta gente que nem quando eu levantei Sushi ele conseguiu ver com tranquilidade, também foi bastante complicado quando terminamos o percurso e ele perguntou pelo dragão, o mais honesto teria sido armá-lo como um quebra-cabeça, cabeça de cavalo, olhos de leão, chifre de cervo, corpo de serpente, garra de galo, escamas de peixe, mas Sushi não teria entendido, tentei então com os répteis, mas Sushi esperava algo maior, no fim me decidi pelo hipopótamo.

— É um dragão velho, as asas já caíram.

— E cospe fogo boca?

— Também não. Quando ficam velhinhos, os dragões passam a se chamar hipopótamos e o que mais gostam de fazer é ficar jogados dentro d'água.

— É dlagão aposentado então, necessita dolmi.

— Sim, muito estlesse.

Shao Mien não falava muito, mas quando falava dava vontade de morder suas bochechas de tão fofo, por isso e porque tinha um corpo compacto e redondinho, eu o apelidei de Sushi, também pelo chinês obviamente, ele era o que tinha os olhos mais puxados de todos, seu pai era de ascendência mongol e aparentemente os mongóis têm os olhos especialmente achinesados, deve ser para combater o vento das estepes ou para poder ver toda a muralha que foi colocada em frente a eles de uma só vez, Yintai tinha grandes e redondos como nos mangás. Como tinha a cabeça raspada e sua mãe o vestia sempre com algo laranja Sushi parecia o pequeno buda, os budistas não podem se tocar a cabeça, mas eu aproveitava qualquer ocasião para fazer isso, da mesma forma que enfiava os palitos no arroz embora aí não fosse de propósito eu só me esquecia, às vezes também me esquecia de tirar os sapatos ao entrar em casa, Yintai ficava louca cada vez que me pegava infringindo alguma norma de etiqueta oriental, depois ia e cuspia por qualquer lado como uma guanaca ou se coçava as costas com o leque, eu não dizia nada. O que de fato eu lhe disse dessa vez foi que não podia vestir Sushi dessa forma, me fazia recordar essas mães que vestem seus filhos gêmeos com a mesma roupa, disse isso num momento do passeio em que cruzamos com um jardim de infância e as crianças em vez de olhar para os macacos olhavam para Shao Mien.

— Isso acontece porque você o veste como um buda.

— Esse é preconceito de ti. Eu goto cor laranja, que problema tem.

— É preconceito meu, mas também de muito mais gente, Yini. Raspar a cabeça e colocar camisetas laranja é como colocar

UM CHINÊS DE BICICLETA

suspensórios e tamancos num loiro de olhos azuis. Ou como as crianças judias que já desde pequenas recebem o chapéu e as trancinhas. Quando for grande, que se vista como quiser, mas quando criança é preciso vesti-lo com roupa normal, se não é óbvio que vão olhar como se fosse de outra galáxia.

— E o que é normal? Ponho alpargata e poncho?

— Você sabe o que estou falando. Olha como você se veste, jeans, camiseta, isso é normal.

— Me falta boné beisebol.

— Bom, também me parece ruim que você o mande a um colégio chinês, estamos na Argentina e ele tem que aprender catelhano.

— Na ecola aprende castelhano. Além tem a mim e tem televisão.

— Na televisão ele vê programas chineses e você sabe disso. Também essa é outra coisa que me parece ruim, não acredito que seja bom que o Sushi veja tanta TV, nem que jogue tanto o Playstation.

— Como pai você não é melhor exemplo.

Se antes de conhecer Yintai me dissessem que tinha um filho não teria vontade de me encontrar com ela, uma mulher divorciada e ainda mais com um filho me parecia uma mulher acabada, uma velha, agora por outro lado não podia me imaginar com uma que não fosse mãe, ser nada mais que um namorado para ela parecia o mesmo que ser um garoto de programa, apenas um brinquedo, por isso me pareceu bastante natural que nessa tarde Yintai me aceitasse como um pai embora fosse imperfeito para seu filho.

Ver os animais pedindo comida nos abriu o apetite, para mim tudo é parte da mesma estratégia, deixam os bichos mortos de fome para que peçam comida que os visitantes devem comprar no próprio zoológico e para que, de tanto vê-los mastigar, sintam fome eles também e se sentem no Como eu como, um restaurante que estendia seu talento criativo para os nomes, até os hambúrgueres, o que Sushi pediu por exemplo se chamava Hipopótamo, demorei um tempo explicando que não tinha nada a ver com o dragão aposentado e fedorento que tínhamos deixado do lado de fora. No entanto, além dessa lição em matéria de mau gosto, que há muito num zoológico, foi um passeio que se pode chamar de vitorioso, redondo, desses que eu não pude desfrutar quando criança, talvez Yintai e Sushi tenham lembranças melhores mas eu pelo menos nunca tivera antes a oportunidade de comprovar que sair em família podia ser uma experiência tão harmônica e feliz.

O casamento chinês (antes)

Yintai era convidada a praticamente todos os casamentos da comunidade, as noivas que a contratavam para fazer seus vestidos a convidavam por compromisso e as que não podiam pagar esse luxo a convidavam para que os outros pensassem que sim, ela de todas as formas não ia a nenhum porque dizia que ficava bêbada e no dia seguinte não dava ponto com nó, eu tinha ensinado a expressão correta, mas ela teimava em usá-la ao contrário. Por esses dias chegou um desses tantos convites inúteis e fazendo uma exceção à regra Yintai decidiu ir comigo, segundo ela porque os que se casavam eram amigos da casa, mas eu sabia que fazia isso por mim, por mim também deixava de trabalhar uma hora antes todo dia e por mim havia tirado uma tarde livre para ir ao zoológico, sua primeira tarde livre desde que tinha chegado à Argentina, uma vez lhe perguntei como se dizia férias em chinês e ela duvidou muito antes de responder.

Ariel Magnus

— Você sabe que o casamento chinês é um jogo que eu brincava quando era criança nas festas?

— No quê?

— Nas festas. As meninas se trancavam num quarto e os meninos iam entrando um de cada vez, se ajoelhavam na frente da menina que gostavam e recebiam um beijo ou um tapa. Depois os que se trancavam eram os meninos e eram as meninas que entravam e se ajoelhavam. Quase todos os meninos terminavam com a cara vermelha e não era de ruge. As meninas, por outro lado, só recebiam beijos, é assim que acostumamos mal às mulheres desde pequenas.

— Me parece que vou motrar toda cerimônia, não só feta. Vai ver que não tão diferente do que brincar você de pequeno.

Talvez porque ser arqueóloga e tudo para ela tinha razão de ser, Yintai encontrava justificativas para qualquer uso da palavra chinês, até expressões que eu nem conhecia e que me pareceram as mais selvagens como não jogar uma casca a um chinês, que significa ser covarde, ou ter um chinês atrás, que significa ter azar, ou enganar alguém como se fosse um chinês, ou seja enganá-lo como se fosse um tonto, aliás essas expressões tão ofensivas respondiam, para Yintai, a fatos históricos que mais convinha estudar do que condenar. Acostumado que estava à família da minha ex, onde qualquer menção da palavra judeu na boca de alguém que não o fosse constituía um ataque antissemita até que se demonstrasse o contrário, o liberalismo de Yintai a princípio me pareceu inadmissível, na verdade não poucas vezes quem se ofendia como se fosse um chinês era eu, mas depois ela foi me convencendo de que levar a mal essas ofensas étnicas era tão absurdo quanto ficar bravo, já quando adulto, pelas piadas que nos faziam na escola. Para ela ser politicamente correto era uma forma de racismo, talvez a pior, estava convencida de que já seria pior sofrer as consequências de não liberarmos nossos preconceitos na cara dos outros e assim liberar tensões, também dizia que, quando por fim toda essa hipocrisia fosse pro espaço, ler os livros que se escrevem hoje nos provocaria o mesmo mal-estar que nos provoca ler agora as tramas racistas nos livros de cem anos atrás.

— A verdade não ofende.

— Mas não é verdade que ter um chinês atrás de você traga azar.

— Mentira ofende menos ainda.

O tempo dirá se Yintai tinha ou não razão sobre ser politicamente correto, sobre o casamento chinês realmente parecia não estar muito errada, conseguiu que a família permitisse assistirmos à cerimônia desde seu início e assim tive a oportunidade de comprovar que apresentava claras semelhanças com a tortura chinesa das minhas brincadeiras de infância. Seguindo a tradição, ou isso é o que me disseram, eu em seu lugar estaria eu muito tentado a enganar os estrangeiros crédulos com rituais inexistentes e supostos costumes milenares, seguindo a tradição o noivo foi antes da festa com seu cortejo até a casa da noiva, a noiva não o deixou entrar, e o homem teve que fazer todo tipo de declarações amorosas e até passar envelopes com dinheiro por baixo da porta enquanto, de dentro, zombavam dele, eu entendia que tudo aquilo era uma encenação, mas da mesma forma me dava um pouco de pena, os vizinhos que passavam na hora também ficavam olhando entre divertidos e horrorizados, a porta estava decorada com um sinal vermelho da sorte. Depois de muito rogar e de muito pagar, o noivo por fim foi convidado a entrar, nesse momento a noiva tinha se trancado em seu quarto e o noivo reiniciou a negociação na frente de uma nova porta, todos pareciam se divertir muito com essa simulação de conquista amorosa, mas a situação me fez lembrar uma angústia que eu senti durante o casamento chinês antes de entrar no quarto das mulheres, nessa época Vanina sempre me recebia com um tapa, suponho que nesse caso o pobre rapaz tenha obtido mais sucesso.

Depois de se reconciliarem, os noivos tomaram chá com os pais dela e os pais dele, a cada xícara recebiam um envelope vermelho com caracteres chineses. Yintai me disse que esses mesmos envelopes eram usados para fazer os presentes no dia do Ano-novo chinês ou quando se queria subornar um político, de fato o Comitê central de inspeção disciplinar era popularmente chamado de O correio dos envelopes vermelhos, também me disse que a quantidade de notas que traziam dentro nesses casos devia coincidir com algum número de boa sorte, o mais comum era oitocentos e oitenta e oito porque em chinês oito soa igual a riqueza, ou o triplo seis embora aqui seja o número do diabo, qualquer coisa menos o quatro porque quatro soa igual a morte e é um número tão temido como o treze entre nós, ao que parece.

— E você acredita nessas besteiras?

— Eu e muito outro. Muito para dizer você que é beteira.

— Não acredito nisso.

— Mentira. Você acreditar que não acreditar, só. Se tivesse trazido envelope certeza colocava dinheiro número redondo. E por que número redondo? Por supertição que número redondo não superticioso. No fundo dá na mesma, mas sem graça. Eu falar horas de número chinês, você não poder dizer nem por que festejar mudança de século.

UM CHINÊS DE BICICLETA

— Sabe como se diz noventa e nove em chinês?

— Hã?

— Nada, besteira.

Certamente Yintai gostava de falar de números, foi ela quem me explicou o que significa o 108 dos mantras, melhor dizendo o que não significa, porque não tem nada a ver com que os Upanishads originais fossem 108 nem com o fato de que 108 multiplicado por 20 dê o número de anos que consome o equinócio em cada setor zodiacal nem com a circunstância mais arrepiante ainda de que a distância entre o sol e a Terra equivale a 108 vezes o diâmetro do sol, ela também me ensinou a contar até dez com uma única mão, enquanto nós precisamos da segunda, depois de chegar ao cinco eles têm uns sinais estranhos para continuar sem ajuda, estranhos porque para nós significam outras coisas, o seis é formado com o dedão e o mindinho como quando queremos indicar que falamos por telefone, o sete é como nosso sinal de "o que você disse?", para o oito é preciso colocar os dedos em forma de revólver, o nove é como pedir um café no bar e para o dez é preciso cruzar os dedos como quando desejamos boa sorte ou se conta uma mentira.

História do chinês que queria comprar 6 *medialunas* e acabou levando 10 (Breve alegoria sobre o choque cultural, mas com final feliz)

UM CHINÊS ENTRA NUMA PADARIA, APONTA AS *MEDIALUNAS* E PEDE, com a mão pois não sabe espanhol, chegou ao país há uns poucos meses, meia dúzia. Surpreso e bravo pelo que considera um pedido insólito, afinal a cidade está cheia de cabines telefônicas e celulares, o padeiro lhe entrega o telefone.

— Mas que seja rápido — resmunga.

O chinês, que realmente tinha uma chamadinha para fazer, aceita surpreso e sem jeito o que considera uma oferta insólita para uma cidade onde, segundo suas primeiras impressões, é só dar um peido e você cai numa cabine telefônica, mas não encontra um banheiro público nem cagando. Enquanto marca, o chinês agradece com um sorriso e um gesto: pede sete *medialunas*.

— E agora, o que você quer? — repreende o padeiro, imitando o gesto do chinês, que em outras circunstâncias serviria para se referir a dinheiro ou comida, mostrar ao próximo que tem medo ou indicar que um lugar está cheio, mas cujo significado primário era este, o que tinha aprendido desde o berço, quando chorava e sua mãe, já cansada, perguntava aos gritos que cazzo estava tentando falar.

— Sim, sim, sete — parece gaguejar, naturalmente sem palavras, seu problemático cliente.

O padeiro levanta mais a mão num gesto já ameaçador e o chinês, de súbito temeroso de que o problema esteja no número escolhido, talvez seja de mau agouro, a verdade é que ainda não teve tempo de aprender as superstições do país, certamente tão importantes quanto reconhecer os palavrões ou saber que a gorjeta deve ser deixada sobre a mesa, pede oito. O padeiro, pálido de pânico, retrocede. Em sua precipitada fuga de meio passo balança a estante, o chão se salva por um milímetro de se converter num mar de baguetes e pãezinhos.

— Pode levar tudo — levanta as mãos —, leva tudo, mas não me mate.

— Não se assuste, perdão, se não quer oito me dê nove — explica o chinês com sua mão direita.

— Ah, bom — recupera o padeiro sua indignada dignidade —, primeiro quer o telefone e agora um café com leite. Algo mais?

— Alô? Quem fala? Fala. Fala! Mas por que não enfia o telefone no rabo e usa como alavanca, seu filho da puta! — Foi o que se ouviu no telefone, naturalmente em chinês, a tradução é aproximada.

O chinês desliga e leva as mãos à cintura. O argentino se ergue e também leva as mãos à cintura. O chinês e o argentino se olham em

UM CHINÊS DE BICICLETA

silêncio. Parece que não estamos nos entendendo, pensam ao mesmo tempo, cada um em seu idioma.

É então que o Grande Computador, a machina ex deus, produz o milagre: cada um domina o idioma do outro.

— Bom, então vão ser nove — sugere com cortesia o padeiro em chinês.

— Que sejam dez — replica generosamente o chinês em castelhano.

O padeiro coloca as medialunas em forma de pirâmide, entrega o pacote de papel reciclado e diz o valor.

— Não trouxe a carteira, amanhã pago — desculpa-se o chinês cruzando os dedos da mão direita nas costas.

— Não tem problema. — O argentino deixa fiado.

Quando o chinês se vira, o argentino vê que está com os dedos cruzados nas costas, pensa que é uma amistosa alusão a Diego e agradece, emocionado, a existência de códigos internacionais que nos irmanam além das línguas e das léguas.

O casamento chinês (depois)

IMPACIENTE, ESPEREI O FIM DA CERIMÔNIA RELIGIOSA, SE EM CASTE-
lhano é chata, em chinês é insuportável, além disso queria vivenciar o
momento em que jogariam arroz no casal, pensava que ver os chineses praticando um desses seus costumes que a cultura ocidental tinha
adotado incondicionalmente seria tão emocionante quanto, não sei,
observar um italiano preparando pizza se não tivéssemos uma pizza-
ria em cada esquina ou ver um brasileiro sambar se não nos provo-
casse essa mistura doentia de respeito e rancor. Para minha surpresa,
no entanto, ninguém jogou arroz, perguntei por que a Yintai e ela
me explicou que esse costume só existia em certas partes da China
e que de qualquer forma, nunca tinha significado abundância, nem
nenhuma dessas interpretações que dávamos, o motivo era entreter
as galinhas para que não bicassem o vestido da noiva, ao que parece
são bichos que gostam muito de seda, entre os camponeses de algumas regiões a estratégia continuava sendo mais que um costume,
uma necessidade.

Depois da cerimônia, a noiva mudou de roupa, do clássico vestido branco passou a um vermelho de corte mais asiático, Yintai me explicou que se chamava kipao, depois voltou a mudar para outro que tinha firulas douradas e dragõezinhos em alto-relevo, em termos de indumentária o casamento parecia ter começado em Buenos Aires e terminado em Beijing, em todo caso isso era bom para Yintai, com costumes como esses ela nunca ficaria sem trabalho. Os homens, por outro lado, usavam todos algo vermelho, eu mesmo tinha uma gravata emprestada de Lito dessa cor por indicação de Yintai, os chineses são fascinados pela cor vermelha, não é por acaso que o comunismo pegou tão forte lá, além disso vermelho mais amarelo dá laranja, a cor dos budistas. Fiquei surpreso ao ver que a maioria se vestia com notória elegância, para ser sincero até o momento não acreditava que o bom gosto ao se vestir estivesse entre os preceitos ensinados por Confúcio, um alívio comprovar que isso de andar de camiseta e mocassim era uma escolha estética, mas que se as circunstâncias exigiam podiam se vestir com decoro e diria até com estilo, acho que não exagero ao dizer que poucos brancos conseguiriam dar a um fraque tanto garbo como um chinês penteado com gel.

Entre os chineses bem-vestidos estava o tradutor do julgamento de Li, o único tradutor oficial chinês-espanhol do país e parcialmente culpado por Yintai ter se dedicado à costura, e não a uma atividade mais intelectual, segundo ela ninguém além deste tal Weng estava autorizado, na Argentina, a outorgar o título de tradutor público de chinês e embora há quinze anos ele presidisse a cátedra correspondente não havia até o momento uma única pessoa que tivesse conseguido a aprovação nos exames finais, se eu suspeitava que isso tinha a ver com o fato de que ele cobrava cem dólares a hora de trabalho e não morria de vontade de ter concorrência era bastante provável que estivesse muito perto da verdade. De qualquer forma eu não me preocupava com o que esse chinês fazia como professor, já conhecia bem sua incapacidade como tradutor para me surpreender com qualquer outra trapaça sua, o que me inquietava de verdade era a possibilidade de ele me reconhecer, se antes eu havia implorado que me resgatassem agora a última coisa que queria era que alguém soubesse onde eu vivia, meu mundo era nesse momento Yintai e para protegê-lo eu teria mandado construir uma muralha que poderia ser vista da lua.

— Olá, amigo! — me encarou Weng, apesar de eu ter feito tudo que pude para evitá-lo. — Gosta mim fala você língua Celvante!

— Eu não falo a língua de Cervantes. Ninguém na Argentina fala.

— Hã? Sim, sim. Tin tin! Ha ha! Tin tin!

Falando com Weng, o que é só um modo de dizer, como ele não me entendia se limitou a monologar, em menos de meia hora já tinha me contado a história de toda sua família, sem muitos rodeios me explicou que na China ele não tinha estudo e que aqui por esses acasos da vida acabara sendo um homem importante que jantava na casa do embaixador, segundo sua experiência a Argentina era um país muito generoso com os estrangeiros embora em sua opinião já estivesse no limite, se não quiséssemos nos afundar na barbárie já era hora de fechar as fronteiras para os asiáticos; falando com Weng, que parecia ter se aproximado de mim porque eu era o único com quem podia praticar a língua que ele afirmava ser de Cervantes, mas que em seu caso não chegava nem à de um manual de instalação do Windows, falando com Weng por fim entendi a estratégia de Li, um pouco tarde mas com certeza ficou evidente que tinha me escondido no bairro por saber que lá ninguém consegue diferenciar um branco do outro e sabendo também que a polícia nunca entrava lá porque não tinha nada a procurar, ou melhor, nada a encontrar, com exceção dos bebês e das mulheres vestidas como tais, para um policial argentino qualquer chinês podia ser Li.

— E o que acha do julgamento de Li? — Procurei levar Weng à situação extrema que não permitisse ocultar que me conhecia ou que confirmasse definitivamente minha hipótese de que ele nunca chegou a saber com quem estava falando.

— Li Fosforinho? — Ele me olhou com um jeito estranho. — Oh, leis aqui muito... Na China Li... — E então Weng fingiu cortar o próprio pescoço com o dedo, depois disso se afogou em suas próprias gargalhadas.

A outra possibilidade que me ocorreu falando com Weng era que tanto ele quanto o resto da comunidade estivessem sendo coniventes com Li, que todos eram parte de uma grande conspiração ao melhor estilo da Tríade oriental, mas assim que entendi que a hipótese forçosamente devia incluir Yintai decidi descartá-la de imediato, antes de saber que ela era uma agente que só estava comigo para me vigiar e garantir que eu não escapasse, teria preferido praticar um harakiri com os ossinhos de porco que nos serviram como entrada. Pensar nestas coisas me fez lembrar que havia semanas que não via Li, também me fez enfrentar a promessa não cumprida de ajudá-lo em seu álibi, por sorte o saquê me permitiu esquecer logo dele e de todas as minhas teorias conspiratórias, o saquê e as outras brincadeiras, começando pela guerra de sapatos, assim como nos casamentos húngaros o noivo usa um sapato da noiva para brindar, parece que entre os chineses é costume atirar esse mesmo sapato para o alto,

UM CHINÊS DE BICICLETA

na realidade só esse, mas pelo menos neste caso todos começaram a tirar um sapato de suas mulheres e não só atirá-lo para o alto, mas com objetivos precisos, por uns dez minutos a festa se transformou num campo de batalha, demorou muito mais remover os cadáveres de couro. Mas também houve brincadeiras mais civilizadas, por exemplo um mágico que transformava qualquer coisa em dinheiro, começou transformando guardanapos em notas, mas acabou usando as correntinhas das senhoras, o problema é que o que saía de suas mãos em forma de notas era bem menos do que teria custado comprar essas joias numa casa de penhor, alguém se deu conta e quase o lincham, depois soubemos que era parte da brincadeira. Mais tarde, apresentou-se um grupo de teatro de gueixas, bastante estúpido por sinal, até eu entendi, depois do peixe veio o prato principal da noite e foi mais uma vez e como não podia deixar de ser o karaokê, passaram horas karaokeando, quer dizer passamos, por que negar, se não se pode calar a boca deles, cante junto.

Chineses em trânsito
(Apontamentos para uma teoria psicoantrocultuecossociológica da iemigração)

O CASAMENTO CHINÊS, OU TALVEZ MINHAS INTERPRETAÇÕES FANtásticas de "Yesterday" e "Mi Buenos Aires querido", me abriram o caminho para o coração do bairro e seus habitantes, havia semanas que não saía de seu perímetro, mas só depois da festa as pessoas começaram a me cumprimentar na rua, isso me deu a oportunidade de conversar com elas e conhecer as histórias familiares de cada um, descobrir do que sentiam falta na China e do que achavam que sentiriam falta quando fossem embora daqui. Porque se há algo em que quase todas as histórias parecem coincidir é nisso, começaram em regiões mais ou menos marginais da China e se desenvolveram com melhor ou pior sorte deste lado do mundo, mas quase todas têm o mesmo final feliz fora da Argentina, o que para outros poderá ser a casinha nos arredores ou até a volta à pátria querida que é sempre em Chinatown, Nova York. Foi lá onde, segundo me disseram, nasceu a comida que se conhece como chinesa em todo o mundo e que nenhum chinês sedentário sabe como preparar, para os que trabalham no setor gastronômico a escala em algum subúrbio latino-americano se torna uma oportunidade única para aprender a versão estrangeira de sua comida, nenhum oriental nova-iorquino empregaria em sua cozinha alguém que não soubesse preparar um frango com amendoim ou um chao fan.

— O único lugar na China onde se consegue o que vocês chamam de comida chinesa é no restaurante dos hotéis para turistas — me explicaram — e sempre preparada por chefs que nasceram fora do país.

Também os comerciantes aprendem aqui tudo de que precisam saber para triunfar lá, as besteiras made in China que vendem em suas lojas sul-americanas são fabricadas, na verdade, segundo os padrões do mercado norte-americano, os laowai do norte são os que decidem de que coisas chinesas os laowai gostam no geral, não se explica de outra forma que os budas gordos tenham tanta presença onde o popcorn e os pancakes não são parte da dieta. Buenos Aires, Lima, Quito, Bogotá, todas as cidades do Rio Grande para baixo não são para os chineses mais do que escolas de formação, chegam até elas como soldados rasos a um campo de treinamento e se formam em suas respectivas especialidades durante anos para depois servir ao Império tal como seus antepassados serviram ao imperador.

— Aqui se fazem muitas experiências — contaram-me. — Assim como os Estados Unidos testam suas armas de destruição em massa

UM CHINÊS DE BICICLETA

no Extremo Oriente, a população oriental testa nossos novos pratos de lá e brinquedos de relaxamento.

Isso explica por que cada restaurante chinês prepara o chao mien à sua maneira e por que todos os comércios vendem exatamente as mesmas besteiras, mas a preços tão diferentes que qualquer espertalhão poderia criar seu próprio mercado negro comprando produtos nos comércios baratos e trocando pelos caros, e é verdade que pelo que vale um buda de um lado da Arribeños dá para conseguir dois leques do outro e pelo valor de cada um desses leques perto da estação você leva no meio do quarteirão um massageador para os pés que na primeira loja poderá trocar por pelo menos dois budas e recomeça o processo, nunca dão o valor total a quem não pede e não se lembram nem sob ameaça de morte da cara de um branco. Isso de que vendem a mesma mercadoria a preços tão variantes ou servem pratos diferentes sob o mesmo nome é incompreensível para quem ignora que se trata de principiantes dando seus primeiros passos nos respectivos setores, suas lojas são como os carros de autoescola que circulam pela rua só que sem o adesivo de mantenha distância, além do que essas práticas os levam cedo ou tarde a se confrontar com a fúria dos brancos e assim vão endurecendo em seus preconceitos antiamarelos, tão importante quanto chegar aos Estados Unidos é saber o quanto os laowai os amam, mas sem ignorar até que ponto também podem odiá-los.

O afã de ir a Nova York acaba sendo causa de muita frustração e ressentimento contra o lugar que os retém, neste caso Buenos Aires, a maior parte das famílias estão no país há anos e ainda não terminaram de quitar as dívidas contraídas para entrar nele, sem falar das novas que os esperam para continuar viagem rumo ao norte. Mas também se encontra muita gente para quem saber que Buenos Aires não é mais que um porto transitório maximiza seu interesse e seu valor, pelo menos acho que posso deduzir isso quando eles se tornam torcedores de algum time de futebol ou lhes custa imaginar uma vida sem os miúdos da churrascaria, certamente um dos últimos redutos de argentinidade na rua principal do bairro.

— O bairro é como um circo — me ilustraram. — Tem muita cor, está cheio de coisas estranhas e entretém crianças e adultos da mesma forma. Mas, embora pareça eterno, como o circo para as crianças, não é mais difícil de desmontar que algumas barracas e trailers. Qualquer dia destes a cidade se distrai e isso aqui volta a ser um terreno baldio.

Saudades

Ikebana Chou En-Lai
harakiri tobogá
camiseta Chang Kai-Shek barrigão.
Mata Hari salpicão Honolulu Tucumán
walkie-talkie chimpanzé pingue-pongue.

LES LUTHIERS

AS DEZ COISAS DA CHINA DAS QUAIS OS CHINESES SENTEM SAUDADES:

Os mapas-múndi com a China no meio
Os banheiros públicos de quatro estrelas
Os budas caminhando pela rua
Os semáforos para bicicletas
O trem com comissárias e água fervendo
Os andaimes de bambu
As refeições cedo

Ariel Magnus

Os cremes para embranquecer a pele
Os cavalos-marinhos com licor de lagarto
Os filmes com Joey Wong

As dez coisas de Buenos Aires das quais os chineses sentiriam
saudades:

Os mapas-múndi com a Europa no meio
A ausência dos cartazes de proibido cuspir
Os homens com braços peludos
As refeições tarde da noite
A cerveja gelada
As filas organizadas que ninguém fura
As pessoas se bronzeando ao sol
O conceito de "sensação térmica"
A impontualidade rigorosa
O capitalismo

44

Os demônios vêm cobrar dívidas.

Li Hongzhi, *Falung Gong III*

— Agora entendo por que você quer ir ao México.

— Para etudar maias, já falei.

— Não, isso é desculpa. O que você quer é cruzar para os Estados Unidos.

— Quem disse?

— Todos dizem. Estive falando com seus conterrâneos e nove de cada dez querem ir viver em Nova York.

— Isso ensinam dizer quando dão o gaolidai.

— O quê?

— Emprétimo que dão mafioso para ele motrar que tem dinheiro quando entram Argentina. Tudo dizem venho por um tempo e depoi Etado Unido, assim não problema.

— E que problema vão ter?

— Ai, xiao-ai, chinês não vem povoar Patagônia, vem roubar trabalho. Não podem dizer fico para sempre. Algum querem ir a Nova York, mas igual algum argentino quer ir a Miami. Que mai disseram a você?

— Muitas coisas, por quê?

— Porque são perigoso. Agora que apresentei você em sociedade é namorado oficial de mim e vão te tratar com mais repeito. Não se deu conta?

— Não, de jeito nenhum.

— Que etranho.

— Bom, sim. A verdade é que antes me ignoravam e agora me cumprimentam, conversam comigo.

— A típica, como você dizer. Mas cuidado. Só querem é deconto com vetido de noiva. Eles esperando oportunidade fazer favor barato e depois cobrar caro mim.

— Me faz lembrar a família da Vanina. Mas aí o que queriam era fazer com que eu me sentisse culpado. Depois a usavam para conseguir favores.

— Falando de outra mulher, aviso que por ter etado com mim em público você obligado a nunca se motrar com outra garota. Outra garota chinesa, se é laowai não importa.

— Você é ciumenta?

— Eu não, mas conterrâneas sim.

— E o que vão me fazer suas conterrâneas?

— Matar, provável. E eu depoi...

— Depo-issss.

— ...eu depoisss devo favor elas, favor muito grande.

— Não era a máfia chinesa que não se metia com os brancos?

UM CHINÊS DE BICICLETA

— Eu não falo máfia. Falo cotume, costume, falo o que tem que fazer. Como ajudar avô doente na rua. Namorado que engana é preciso ajudar também, mas com faca. Além disso, se etá comigo para nós é como chinês.

— Olha só, o certo seria ao contrário, que você fosse uma traidora por estar com um branco.

— Isso depende como saiam filho, se saem chinês...

— Uou, garota, devagar. Primeiro descubro que ir a um casamento é como ter me casado com você e agora já me fala em ter filhos.

— Não quer filho com mim?

— Sim, bom, pode ser, mas digamos que preciso de um tempo.

— Eu também. Nove mês.

— Muito engraçado.

— Vou fazer cocô.

— Que nojo!

— Nojo quê?

— Se diz vou ao banheiro, o que você faz lá dentro é problema seu.

— Ah, bom.

— Também não gosto que você cuspa, já que estamos falando disso.

— Você também cupir.

— Eu?

— Já nem percebe.

— É a mesma coisa. Que eu cuspa é uma coisa e que você cuspa, outra. Numa mulher fica mal. Eu entendo que para você é como respirar, mas fica muito feio.

— Algo mai?

— Algo maisss, sim. Não gosto que use para comer os mesmos palitos que você usa para fazer os coques.

— Então você depila peito.

— Não gosta de peito peludo?

— Nem pouquinho.

— Problema seu. Se quer um pelado procure um conterrâneo. Eu, peitinho argentino.

— Nem goto que faça xixi de pé, suja tudo. Não cuta nada se sentar.

— Como uma mulher? Jamais. E, falando nisso, você poderia tomar banho com mais frequência.

— Não, faz mal pele. E você quero caminhe à minha equerda na rua. E que não assoe nariz, é nojento. E aprender um pouco de chinês para quando conhecer meus pais.

— Algo mais?

— Não. Agora não me vem mais nada.

— Fiquei pensando nisso de se me virem com outra. O que acontece se virem você com outro homem?

— Nunca vão me ver com outro.

— Não seja tonta, qualquer uma pode sentir tesão por outro cara e...

— Disse nunca vão ver, não nunca vou etar com outro homem.

— Engraçadinha você.

— Gota?

— Sim, goto. Me dá um beijo.

— Se me agarrar.

— Vem aqui.

— Lin-do.

45

e agradeço minhas musas
esta revelação de um labirinto
que nunca será meu.

J.L. BORGES, *O Go*

— ESSE AÍ É MEU LAO-SHI.

— Ah, olha só...

— É meu professor de chinês. Lao-shi significa professor.

— Ah, não diga.

Tinha ido com Lito a um torneio de Go no clube taiwanês, pensando que talvez me fizesse um favor ele me apresentou outro argentino que andava por lá e desde então tive que suportá-lo a meu lado enquanto olhava as pessoas moverem fichinhas. O magrelo se chamava Federico embora segundo ele todos o conhecessem por seu nome chinês, Tcheng, não vi ninguém que lhe dirigisse a palavra de uma forma nem de outra, o que me inclui, mas não fazia diferença, sem que ninguém lhe perguntasse ele contava de suas viagens à China, de seus progressos nas artes marciais, de seus pratos favoritos e da dificuldade em aprender mandarim. Mais chinês que Fu Manchu, que não era chinês, mas inglês, ainda mais chinês que o jogo dos palitos chineses, que na realidade é europeu, mais chinês até que a confeitaria Los dos chinos, que é de um italiano, tenho certeza de que esse tonto usava os palitos até para tirar meleca e ficava descalço até para entrar nas cabines telefônicas, se andava com pouca saliva mascava chiclete a fim de produzir algo para lançar da boca e embora tivesse onde se sentar continuava assistindo à televisão de cócoras, que é a primeira coisa que os chineses deixam de fazer quando descobrem o que é uma boa poltrona. Entre suas manias irritantes a mais insuportável era a de rechear a conversa de termos em chinês, a cada cinco palavras uma não se entendia, não se entendia sequer que era uma palavra chinesa, as pronunciava tão mal que alguém sempre escutava algo parecido a uma palavra espanhola e deduzia o que era, da mesma forma dizem que a gente escuta a primeira sílaba e o resto se inventa sozinho. Sua outra mania importante era a gestualidade, como esses pobretões que se vestem de indiano e pensam que por fazer ioga vão escapar do karma de sua própria estupidez este falso chinês tinha certeza de que por copiar os gestos dos monges budistas iam indicá-lo ao prêmio Nobel da paz, falava lento e sempre com um leve sorriso nos lábios, mas não era necessário ser muito perceptivo para adivinhar que por trás desse amor filantrópico só havia ódio contido, aposto uma perna que se alguém furasse a fila do supermercado seu homem das cavernas interior daria as caras e cometeria um massacre.

— Ni jao ma, Lao-shi. Eu o apresento Ramiro gong.

UM CHINÊS DE BICICLETA

— Meu sobrenome é Valestra.

— Não, *gong* significa senhor. Só que em chinês vai ao wan-jie, ou seja, ao final. Em chinês é tudo ao contrário, ha ha ha!

O professor estendeu uma das mãos, macia como a de uma princesa, depois se inclinou várias vezes e me disse algumas frases suponho que de cortesia, da mesma forma que seu discípulo parecia ter comido um manual de formalidades chinesas e começou a arrotá-las de uma forma aperfeiçoada, o que no argentino era uma mistura defeituosa de insegurança e idiotice no chinês era a mais pura presunção doutoral, além do típico bigode chinês com barbinha ao vento e os óculos obrigatórios, estava vestido com uma longa toga negra e carregava alguns livros embaixo do braço, acho que se colocassem qualquer coisa parecida a uma lousa atrás já começaria a dar aulas. Mas as aparências se voltavam contra ele nem bem ele abria a boca, por melhor que tivesse trabalhado seu personagem de homem letrado, a verdade é que falava um castelhano pior que os comerciantes mais brutos do bairro, sua estratégia para disfarçar era fazer cara de estar pensando em coisas muito importantes e de que simplesmente não podia parar e acentuar as palavras corretamente, colocar os artigos ou procurar as preposições corretas, sua secretária certamente se encarregava desse trabalho sujo. Segundo me contou sem que ninguém lhe perguntasse, tinha vindo de Taipei a Buenos Aires para estudar, entre outras coisas, porque tudo que fazia era só parte de algo mais amplo, na verdade a parte de que menos gostava, mas que era um pequeno sacrifício pessoal em comparação com o bem acadêmico que aconteceria com isso, segundo disse estava estudando o célebre Grupo Buenos Aires de Shangai, um conclave literário que havia se apelidado dessa forma há algumas décadas porque seus integrantes, opondo-se ao ditame do Partido de se ocupar exclusivamente de temas chineses, tinham se voltado a uma literatura menos engajada, inclusive fantástica, que na sua maioria ocorria do outro lado do mundo e em não poucos casos precisamente na Argentina. Esse grupo de rebeldes, liderado pelo escritor Zhang-Ru, um sobrenome muito sugestivo me explicou de passagem o taiwanês pois ru significava carne, eu devia imaginar que era como se um escritor argentino tivesse a palavra arroz no sobrenome e fundasse o Grupo Shangai, não parece curioso e interessante?; o grupo de rebeldes anticomunistas tinha se extinguido há um tempo (seu líder era agora um membro bem-sucedido do Partido) e para que não ocorresse o mesmo com suas obras, embora segundo o mestre mereciam, eram lidas só por obrigação, triste a vida do acadêmico, para que as obras não se extinguissem como o grupo e como seu líder ele estava preparando uma edição crítica das mesmas. As obras eram basicamente três, continuou me ensinando, uma que se chamava *As conversas do senhor Rodolfo M.* de um tal Wu, uma coletânea de pequenas histórias e aforismos tão medíocres que a única forma de lhes dar alguma graça foi colocá-los na boca de um gaúcho sábio; depois estava *Um romance argentino* de Po-Fu-Chan, que é a história de um gaúcho gay que cria um indiozinho para torná-lo seu escravo sexual, mas quando o menino tem idade para servi-lo Bi-Cha (assim se chama o gaúcho) se dá conta de que, na verdade, gosta mesmo é das vacas; e por último *A mulher no acampamento* de Lai Ts Chiá, uma história da Argentina em tom gauchesco-pornográfico com muitas passagens de mau gosto (por exemplo, uma na qual o autor cita um de seus livros anteriores) mas com uma frase memorável: "Como se parecem um Mestre de verdade e um louco. A única diferença consiste em que um é louco e o outro um Mestre".

— Tlapalho intalassante muita, hã?

— Sim, sim, interessantíssimo.

O mestre continuou falando de dragões perdidos, o único ponto positivo de sua verborragia era que aplacava a de seu aluno, eu tentava não escutá-lo, mas sabe como é, nos colocaram ouvidos, mas se esqueceram de nos dar algo para tapá-los, em vez de um apêndice que não serve para nada poderíamos vir com pálpebras nas orelhas, por sorte o iPod corrige a obra de Deus. Para me distrair estudava as partidas de Go, é admirável quão complexo pode ser um jogo de leis tão simples, um par de fichinhas e um tabuleiro quadriculado bastavam para que homens e mulheres de todas as idades ficassem grudados às suas mesas durante horas, talvez intuindo meu fascínio o mestre tentou em algum momento captá-lo para si mesmo dando uma aula sobre a história do Go e, me dói admitir, conseguiu. O jogo, que segundo o mestre seria redundante classificar de milenar, qualquer coisa chinesa é, ser milenar do Império do Meio é como ser negro em Gana ou baixinho na Bolívia, pura fatalidade, a mesma coisa que ser milhões ou ser eternos na China, tudo se mede com seis zeros como aqui na época dos austrais e tudo é para sempre, por isso o idioma chinês não tem tempos verbais; esse jogo milenar se chamava, na verdade, Weiqi ou Jogo da prisão e duas peculiaridades o distinguiam de todos os outros jogos de tabuleiro, a primeira era que nenhuma partida de Go se jogou nem se jogará duas vezes de forma idêntica na história da humanidade, pois ao contrário do xadrez as possibilidades de combinação de fichas eram virtualmente infinitas, e a segunda, também ao contrário do xadrez, era que o Go era o único jogo no qual os computadores ainda não tinham vencido o homem.

— Mas eu, hã, eu sabê, computadô, sim.

— Você sabe o quê?

— Eu, hã, ploglama, ganha, homem.

— Você sabe como fazer um programa de computador que ganha do homem?

— Oh, sim, sim, sabê, eu.

Os acadêmicos sentem muito ciúme de suas ideias, ainda mais quando o resto do mundo não se importa com elas, mas ao mesmo tempo a tarefa de guardar seus segredos inúteis faz com que sejam tão solitários e desgraçados que por um pouco de atenção são capazes de revelar até a senha do seu cofre, por isso ou simplesmente porque desconhecia ou subestimava meus conhecimentos sobre o assunto o mestre me explicou em detalhes como devia ser um programa capaz de vencer a mente humana no Go. Segundo seu humilde parecer, os computadores cometiam o erro de todo principiante, isto é, atacar desde o primeiro movimento e tentar comer todas as fichas do adversário no menor tempo possível, por outro lado o jogador experiente sabia que o importante era saber se defender, sua estratégia era multiplicar as frentes e perder antes em algumas para ganhar nas outras depois. Acostumados a calcular todas as possibilidades e escolher o caminho mais rápido para o sucesso, os computadores não conseguiam entender que nesse jogo era muito mais importante decidir onde perder que onde ganhar, como um adúltero que confessa uma infidelidade para ocultar outras mil aqui se tratava de levar o oponente até o setor do tabuleiro onde se sacrificam as fichas que

UM CHINÊS DE BICICLETA

serão recuperadas com lucro depois. Como todas as fichas tinham o mesmo valor e as combinações dentro do tabuleiro eram incontáveis, a capacidade matemática do computador não era suficiente para saber se um movimento era bom ou não, daí que segundo o mestre só um software que pensasse contra as leis que regem um software, só um software defeituoso estaria em condições de opor resistência ao homem frente a um tabuleiro de Go.

— Entenda?

— Mais ou menos.

O mestre continuou falando, eu no entanto acreditava já ter encontrado a solução: já que criar um software imperfeito era tão improvável quanto criar um humano perfeito, a chave estava em desenvolver um software humano, quer dizer um software que tivesse dentro de si muitos outros softwares que não o deixassem funcionar de forma eficaz, algo assim como um vírus interno que como os traumas de infância ou os problemas congênitos o obrigasse a ter dúvidas e a se autoboicotar, a fazer as coisas às vezes sem saber por que as fazia e a confiar por momentos já não em si mesmo, mas na sorte. Batizei-o de GO, Grande Omem, e ocupa o primeiro lugar na lista de coisas que jamais concretizarei.

46

— ENTENDE A IDEIA?

— Entendo que é uma merda.

— Aviso que é bem melhor que todas as besteiras que você pensa.

— Isso não é nenhum mérito.

— Aí você tem razão. O verdadeiro mérito é que, com um programa assim, nós nos enchemos de grana.

— Quem é nós?

— Você e eu, quem haveria de ser.

— O que eu me pergunto é o que vai sobrar desse nós como homens se continuarmos a desenvolver programas de computação que humilhem nossa capacidade cerebral.

— Para mim, uma máquina que ganhe de mim no Go não me humilha. Afinal, fui eu que a inventei. É como um filho que ganha de você no futebol. Um orgulho.

— Você não pode ser tão inocente a ponto de acreditar que inventa seus superiores. O que acaba inventando é a sua própria inferioridade. Agora parece um jogo, mas quando quiser acordar o mundo estará dominado pelas máquinas e você vai jogar Playstation trancado numa jaula do zoológico. Porque em algum tempo também nós só éramos uma invenção dos macacos, e olha como acabaram os pobres símios. A evolução é isso, um jogo, ganha quem fechar as portas do zoológico do lado de fora.

— A evolução em seu caso seria que pare de fumar esse pó negro que deixa negro o seu pensamento.

— Não enfia meu vício nisso. O ópio é só um acelerador de processos. Concentra toda a felicidade que me resta neste mundo e depois me manda para outro, me salvando da angústia e da tristeza e de todos os males do corpo. Os homens têm a mesma proporção de líquido no corpo que de veneno na alma. O que o ópio faz é destilar o pouco sólido que vale a pena ter vivido, não importa que depois ele o deixe seco como uma uva-passa.

— Mas o importante é justamente essa proporção, a coisa agridoce de todo o assunto. Você como chinês deveria saber melhor do que ninguém.

— Está querendo dizer que a felicidade concentrada é um nojo? Nota-se que nunca usou drogas.

— Claro que tomei, mas na medida certa.

— Essa ideia da medida é muito ocidental. É por isso que aqui são todos mais ou menos felizes, mais ou menos infelizes, mais ou menos mais ou menos. Isso me deprime. O Tao, como dizia Leslie, está nos extremos.

— Quem é Leslie?

— Como assim, quem é Leslie? Leslie Cheung, nunca falei dele?

Uma noite com Leslie Cheung

Oh, vai e pergunta a esse rio que corre para o leste
se pode viajar mais longe que o amor de um amigo.

Li Bai

De repente, penso em Ho Po-Wing. Sinto-me muito triste.
Acho que os dois deveríamos estar aqui.

Tony Leung em *Felizes juntos*, de Wong Kar-wai

Leslie Cheung era um cantor e ator chinês muito famoso em
seu país e aparentemente no mundo inteiro, Lito teve a sorte de
conhecê-lo pessoalmente no meio dos anos 1990 quando Leslie veio
a Buenos Aires para filmar *Felizes juntos*, segundo Lito o filme mais
triste e belo jamais filmado sobre o amor entre dois homens, o mais
tangueiro além do mais e o mais portenho, apesar de que do diretor
ao engenheiro de som todos fossem chineses. Justo esse ano ele havia
começado a trabalhar na televisão e por isso o chamaram para ser

extra, as cenas nas quais participou não ficaram na edição definitiva do filme, mas de qualquer forma ele sentia que esse tinha sido o ponto mais alto de sua carreira de ator, de não ser ninguém a atuar com seu ídolo Leslie havia uma distância tão grande que percorrê-la em tão pouco tempo já era motivo suficiente para se aposentar, foi o que fez, nunca mais o chamaram para filmar nada.

— Sabe o que significa esperar anos e anos para que o telefone volte a tocar e o telefone não toque?

— Imagino que deva ser duro.

— Como casco de tartaruga.

Como todos os bons atores, Leslie era inacessível enquanto estava no set de filmagem, submerso em seu papel não emitia mais palavras que as que devia pronunciar em frente à câmera, mas, depois que os refletores se apagavam, se dedicava quase com o mesmo profissionalismo ao descontrole mais bárbaro, Lito havia tido a oportunidade de participar de uma de suas noites vorazes e podia dizer que tinha sido a mais longa e ao mesmo tempo a mais curta de sua vida, a mais longa pela quantidade de coisas que tinham acontecido em tão poucas horas e a mais curta porque queria que não terminasse nunca mais. Foi em seu último dia de filmagem de um total de três, haviam gravado no Jardim Japonês e daí foram ao bairro para jantar, já eram quase duas da manhã mas serviram comida da mesma forma, para atender a Leslie e aos outros qualquer chinês teria deixado de dormir um ano inteiro, ainda hoje os donos contavam a história. Do restaurante tinham ido ao bairro coreano no baixo Flores, naquela época os coreanos não eram tantos quanto hoje, mas já traficavam ópio boliviano e isso o era bastante, paradoxalmente foi através desses estrangeiros que Lito conheceu o que era agora seu traficante e

UM CHINÊS DE BICICLETA

também foi através deles que tinha adquirido o vício, fumar ópio era portanto como voltar ao passado, como ser um jovem Leslie numa cidade ainda estranha e acreditar mais uma vez que o futuro é uma prolongação da felicidade presente, não sua tumba.

Já embalados, com ópio e também com alguns incentivos mais locais, sobretudo vinho, segundo Lito bebiam como se na China não existisse a uva ou ainda não tivessem aprendido a fermentá-la, ainda mais vinho ruim, achavam engraçado beber uma embalagem que tinham associado com leite e sucos de fruta; bastante chapados foram então a uma milonga gay de San Telmo, uma novidade para Lito, mas não para os chineses, eles estavam convencidos de que o tango era um baile gay e tinham vindo filmar em Buenos Aires porque acreditavam que os argentinos eram essencialmente bichas, daí nosso gosto pelos travestis, que foi o que fizeram em seguida, pegaram uns dois na rua Godoy Cruz e se trancaram no apartamento de um deles, Lito não, ele teve a tarefa de voltar ao bairro coreano em busca de mais ópio.

— Temos que ir um dia ao bairro coreano.

— Para quê? Troca os judeus por bolivianos e os restaurantes por oficinas clandestinas de costura e você economiza a viagem.

— Nem é tão longe.

— Depois que você fica preso neste bairro, tudo que não está aqui fica na China.

Quando Lito voltou do bairro coreano, Wong Kar-wai e Tony Leung fumavam na porta do edifício, o primeiro era o diretor do filme e o segundo era coprotagonista com Leslie, outro ator chinês conhecido também como cantor, segundo Lito todos os atores chineses de certa fama trabalham também como cantores, por isso os

225

chineses praticam tanto o karaokê, é a forma mais barata e acessível de se sentir uma estrela de cinema. Enquanto esperavam que Leslie e o engenheiro de som terminassem de saciar sua curiosidade com os travestis, Kar-wai e Tony explicaram a Lito que apesar das aparências eles eram homens bem normais, nem sequer eram gays, o que faziam fora do set era de alguma forma parte do filme, aparentemente Kar-wai trabalhava sem roteiro, em vez de imaginar uma cena e depois procurar locação ele ia a um lugar e vê-lo inspirava a cena, ou não, esse apartamento com os travestis por exemplo não tinha inspirado nada, nem a milonga, o tour devia continuar.

Leslie saiu do edifício, sempre com sua jaqueta amarela, acendeu um Lemans e propôs que fossem pescar, fez a proposta com a tranquilidade de quem sugere terminar a noite numa cantina, seus colegas deram a entender que era um pouco tarde para isso, mas ele respondeu que os peixes não dormem. Na costa descobriram que nem os pescadores dormem, pelo menos meia dúzia de tresnoitados vigiavam suas varas à luz de lampiões a gás, Lito explicou que esses lampiões são chamadas de sol da noite e Kar-wai se emocionou, esse tipo de coisa demonstrava para ele que o espanhol podia ser quase tão poético quanto o chinês. Conseguiram que um dos pescadores insones emprestasse uma vara e em menos de dez minutos Leslie tinha pescado um peixe que assaram e deglutiram lá mesmo, Leslie propôs depois que se banhassem no rio, mas os outros alegaram que isso podia fazer mal à digestão, curiosamente o argumento conseguiu dissuadi-lo.

Aproveitando que estavam na costa foram depois ver como os aviões decolavam e aterrissavam, daí caminharam até o estádio do River e Leslie propôs entrar e realmente entraram, eu não acreditaria

UM CHINÊS DE BICICLETA

em Lito quando ele conta como é fácil entrar lá de noite e acompanhado por três chineses atléticos e temerários, dentro do estádio vazio Leslie e Tony tinham cantado à capela algumas canções antigas que tinham feito Lito chorar em silêncio, também começaram a reproduzir árias de óperas chinesas, um dos sonhos de Lito era atuar no papel de xiao sheng, sonho em parte realizado essa noite.

— Foi a última noite da minha vida.

— Agora também é de noite.

— Mas agora estou morto.

— Consegue enganar muito bem.

— Ser ator serve para alguma coisa.

Do estádio do River, tinham passado de novo pelo bairro, segundo Leslie um dos mais tristes que tinha visto em sua vida, não tinha nem um teto arqueado, e embora fosse certo que todos os bairros chineses do mundo tinham em comum o cheiro de peixe, o de Buenos Aires era especialmente aromático, também especialmente sujo e tenebroso, ele tinha viajado bastante e concluído que os bairros chineses eram como embaixadas ao contrário, em vez de folhetos turísticos e secretárias maquiadas mostravam o país tal como era, com suas coisas ruins e suas piores coisas. Pegaram o trem para Retiro e depois o metrô para Constitución, era para ver uma foto das caras que faziam os madrugadores ao ver entrar essa pequena horda de orientais excêntricos, inspirado pelo público Leslie começou a cantar e depois passou um sapato como chapéu, o mais engraçado foi que as pessoas davam dinheiro, não muito mas o suficiente para pagar umas *medialunas*, comeram sem Leslie porque ele preferiu explorar outras partes do edifício, aparentemente a fama dos banheiros da estação tinha chegado até a China. Estavam a metros do hotel, mas

Leslie teve uma última ideia, ir ao bingo de Congreso, lá ganhou um prêmio em menos de dez minutos, pela primeira vez na noite Lito se atreveu a tocá-lo e dando um tapinha nas costas disse que era o homem mais afortunado do mundo, Leslie respondeu com um sorriso melancólico, mas não negou, uns anos mais tarde se suicidou num hotel de Hong Kong.

— Quando fiquei sabendo, passei um mês sem falar. Desde então, as palavras não tem sabor de nada, como o tofu.

48

Quanto mais distante se viaja
menos se sabe.

Lao Tsé, *Tao Te King XLVII*

Um dia encontrei as gôndolas do minimercado de Juramento quase vazias, os caminhoneiros realmente tinham iniciado o boicote contra os orientais, aquilo me pareceu absurdo e demonstrei na frente da caixa, fiquei louco para dizer a verdade, o típico argentino histérico que se queixa aos gritos, os chineses me olhavam como se não entendessem o que eu estava falando mas entendiam, claro que entendiam, acontece que preferem pensar que está chovendo para não ver que estão mijando sobre eles, a isso chamam budismo zen. Mais tarde, em casa, tive uma discussão feia com Yintai, minha raiva contra os caminhoneiros xenófobos tinha se voltado contra os conterrâneos dela, me parecia inadmissível que não respondessem à afronta, Yintai me perguntava como se supunha que deviam responder e eu dizia que publicassem denúncias nos jornais, que marchassem ao obelisco, que fossem conversar com o presidente, qualquer coisa era melhor do que ficar de braços cruzados, ela ria, tive vontade de esbofeteá-la.

— O que é engraçado?

— O chinê mai velho aqui não ter nem vinte ano quando Mao. Pedir a ele opinião própria ou pedir rebeldia é como pedir a alguém que não foi ecola escreva carta explicando por que não saber ecrever.

— Não se trata de só um chinês, vocês aqui são milhares.

— E lá milhão, e? Não é quetão número. Chinese somu como kanji, tudo junto corpo mas alma separada. Não temo epírito equipe, por isso bons eportita chinês só, nunca campeão eporte coletivo.

Depois que somou a seus argumentos o da situação legal precária dos chineses na Argentina, fui obrigado a admitir que Yintai tinha razão, naturalmente nunca admiti, os argentinos têm mais espírito de equipe mas somos péssimos perdedores. Para esse dia eu tinha ficado de começar com Chao a montar a homepage de seu restaurante, fazia já tempo que eu comia em sua mesa e sentia a necessidade de ser útil com algo, além de musicalizar as noites com meu iPod enfiado em seus alto-falantes, o que não sei se o deixava totalmente feliz; apesar de já ter planos para esse dia preferi descartá-los, discutindo com Yintai notei que me queixava dos chineses mas, bem ao modo argentino, não fazia nada para lhes ajudar, começando por Li, já tinha passado mais de um mês desde que ele havia me deixado o mapa e até o momento eu nem sequer tinha sentido remorso por não usá-lo. Tirei algum dinheiro da caixa, nunca se pode confiar num refém, embora nesse caso fosse por um objetivo nobre, e fui para a cidade.

UM CHINÊS DE BICICLETA

Assim como amo Buenos Aires à noite, detesto durante o dia, ainda mais no verão, não é só a quantidade de gente, o ruído e a fumaça, mas sobretudo a luz, como os óculos escuros me deixam tonto, estou à mercê do sol e de seus reflexos lacerantes, talvez por isso me sentisse tão bem no bairro, lá as casas eram escuras e as ruas estavam ao abrigo das árvores, com o tempo gostaria de desenvolver os olhos oblíquos de seus moradores para assim me proteger melhor. Depois de estudar o mapa decidi tomar o trem até Retiro e começar meu percurso por baixo, olhando depois com mais atenção notei que as marcas estavam dispostas ao longo da cidade num eixo que ia desde o sul de Once até o norte de Floresta, ao largo por outro lado não havia mais que uns quarteirões de distância entre uma e outra loja de móveis, refleti que a linha bem podia corresponder à rota de um caminhão de entregas que cobria o setor do centro em sentido vertical.

A primeira loja de móveis estava localizada em Belgrano na altura do número 2.400 ou 2.500, a marca no mapa não era muito clara, como a zona estava cheia de lojas de móveis fiquei com medo de não reconhecer a minha, no entanto acabou sendo muito fácil, era a mais nova e chamativa do quarteirão, se não de toda a avenida. Mesmo assim entrei para espiar o lado de dentro, a sensação não parecia ser de não haver acontecido nada, mas de que tinham acontecido muitas coisas, mas, bem, quero dizer que a decoração impecável e a iluminação ultramoderna davam margem à típica suspeita de que tinham colocado fogo na loja para receber o seguro e assim poder renová-la. Confirmou meu palpite o modo como reagiu a dona quando perguntei se a sua era uma das lojas danificadas, incomodada e receosa como se eu tivesse feito alguma proposta indecente ela respondeu que sim com a cabeça e em seguida quis saber quem eu era, pergunta que eu também queria saber como ia responder.

— Eu? Eu... Eu sou jornalista.

— De que meio?

— Ah, de um jornal.

— Que jornal?

— Bom, é um jornal que ainda não saiu. Mais vai sair.

— Não estou entendendo.

— É um jornal... Deixa eu ver como posso explicar. Viu que os jornais estão dias e dias com uma notícia e de repente se esquecem e é como se nada tivesse acontecido? Bom, nosso jornal quer se ocupar do que acontece depois. Ou seja, vai ser um jornal de notícias velhas, onde se trata de todos os assuntos que os outros jornais deixam de tratar. É um jornal antissensacionalista. Por isso pensamos no caso do chinês Fosforinho. Com certeza os meios já não se ocupam de vocês...

— Depois do incêndio todos queriam falar conosco e dois dias depois ninguém mais se interessava pela gente.

— Está vendo? É disso que se trata.

Meu professor de sistemas dizia que a imaginação é a melhor arma dos homens para sair de alguma enrascada, a única coisa, na verdade, que os computadores nunca poderão imitar, segundo ele pode-se programar absolutamente tudo menos esse momento mágico em que duas ideias estranhas entre si se juntam para criar uma terceira, nova e estranha até para quem acaba de formulá-la. Mas, seja como for, o importante é que minha improvisada credencial funcionou e a dona não teve mais problemas em falar abertamente da tragédia, como ela chamava apesar de que, 17 meses e meio depois de ocorrida, a única coisa de que ela parecia se lembrar era a exatidão de viúva com que contava os dias. Do resto não parecia ter um registro tão preciso, não só ignorava que Li tinha fugido com um refém da sala de julgamento, nem sequer estava sabendo que um julgamento havia acontecido, como se a realidade tivesse parado onde os meios deixam de se interessar por ela, que diga-se de passagem era inquietantemente parecida com a mãe de Vanina, ou talvez era porque definitivamente todos os brancos já me pareciam iguais, esta mulher ainda acreditava que Li estava internado no manicômio, também porque esse era o lugar que segundo sua opinião correspondia a ele ou onde ela gostaria de imaginá-lo pelo resto de sua vida.

— Mas saiba que no julgamento ficou claro que não estava louco. Nem acharam que era culpado de ter colocado fogo nesta loja de móveis.

— O que os juízes falam não importa nada. São todos corruptos. Claro que a máfia deu um jeito em tudo. Todos sabem que o culpado é esse chinês maluco. Saiu em todos os jornais. Além disso, há testemunhas.

— Não apareceram no julgamento.

— Com medo da máfia. É gente perigosa. Hoje tacam fogo no seu negócio, amanhã tacam fogo em você. Isso está no caráter dos chineses. Eu estive investigando na internet e é assim, o fogo para eles é como um jogo, está em sua cultura, é algo que trazem do berço. É como os judeus, que têm problemas de estômago e morrem de câncer. Bom, eles gostam de fogo e muitos terminam piromaníacos.

A chegada de um caminhão com mercadoria nos interrompeu, enquanto os peões desciam móveis, o motorista começou a conversar com a dona, pareciam ter uma relação bastante próxima, não descartaria que fossem parentes pela forma como se cumprimentaram e porque, logo em seguida, compartilharam o mate, mas também pela forma como se calavam, nesses silêncios era possível ver que o vínculo ia além do estritamente comercial. Tinha chegado a hora de me despedir, mas não queria ir sem fazer uma última pergunta, a mais importante para falar a verdade, para dissimular um pouco minha cara de pau, escolhi a clássica técnica de abrir a porta e aí me lembrar, era verdade o que diziam os meios de que a loja de móveis não tinha seguro?, agora quem me olhou com receio foi o caminhoneiro, a dona por sua vez respondeu que tinham sim, mas com cara de quem não tinha entendido a pergunta, como se fosse óbvio que uma loja de móveis tivesse seguro ou como se o óbvio fosse que os meios sempre dizem coisas erradas.

Enquanto caminhava em direção à próxima marquinha no mapa fui conectando os pontos e concluí que as lojas de móveis tinham atuado como cúmplices com os caminhoneiros, aquelas para receber o seguro e estes para desprestigiar os chineses que ameaçavam pôr na rua sua própria frota de distribuição e, a longo prazo, roubar o negócio dos supermercados, certamente um dos mais rentáveis para o sindicato. Por que tinham escolhido as lojas de móveis também era fácil de intuir: precisavam de lugares com visibilidade para que os fatos repercutissem na imprensa, inflamáveis a fim de atacá-los com algo bem chinês como é o fogo e grande o bastante para correr o rumor de que a máfia queria os locais para montar futuros minimercados, já se sabe que nada convence mais os meios e até a polícia que uma teoria da conspiração bem-montada, o que a justiça decidir depois não interessa a ninguém. Paradoxalmente o único ponto obscuro do plano era sua perfeição, os sindicatos costumam usar meios

UM CHINÊS DE BICICLETA

menos imaginativos e bem mais diretos em suas estratégias de luta, já demonstrava a greve antichinesa desse dia, mas isso não me parecia razão suficiente para descartá-lo como possibilidade, os caminhoneiros têm muito tempo para pensar nessas e em outras coisas enquanto dirigem, comparado com outros empregos o seu é o que mais se parece ao de um filósofo, além do que, por princípio, não acredito que seja correto subestimar as aptidões de nenhuma pessoa, muito menos quando são usadas para fazer o mal a outra.

49

Nada pode surpreender quem já tem
um par de milhares de anos de idade.
No máximo, sorri.

PEARL S. BUCK

NÃO TINHA PLANEJADO PASSAR PELA CASA DA MINHA MÃE, NEM
sequer estava muito consciente de que estava a poucas quadras dela,
no entanto, entre a primeira marquinha e a seguinte, cruzei a esquina
da Quintino Bocayuva e ao virar a cabeça por instinto vi o cartaz,
Gisella Prieto Vende, impossível seguir em frente. A casa da minha
mãe é a última num longo corredor ao qual dão outras quatro, o
cartaz sobre a porta da rua poderia estar relacionado a qualquer uma
delas, também a descrição superficial no pequeno cartaz pregado na
parte de cima, 2 dorm c/ quintal 80 m., só que esta tal Gisella Prieto
era uma ex-colega de colégio e minha mãe sempre repetia que se alguma vez decidisse vender a casa o faria através de sua imobiliária.

Ariel Magnus

— Olá, você é o Marcos? Eu sou o Ignacio, da imobiliária Gisella Prieto, muito prazer. Está esperando alguém ou já podemos entrar?

— É a casa do fundo, não?

— Isso mesmo.

— Vamos entrar.

O tal Ignacio usava um terno que sem dúvida custava o triplo do seu salário bruto, era tão novo e limpo que por um momento eclipsou as paredes umedecidas e as lajotas quebradas do corredor, só por um momento, logo em seguida o delicado perfume que emanava desse tecido foi sufocado pelo cheiro de comida, e o nobre barulho de seus sapatos se perdeu entre o ruído das televisões, o latido dos cães e o choro de algum bebê. Pisar nesse corredor depois de tanto tempo e de tantas coisas que aconteceram durante esse tempo foi como pisá-lo pela primeira vez, uma experiência espantosa, senti o que sempre supus que Vanina teria sentido se o tivesse conhecido, por alguma razão em dez anos de noivado nunca a tinha levado até minha casa, preferia gastar tudo em motéis do que submetê-la a essa tortura, em vez de me agradecer, ela tomava isso como falta de confiança, acho que nunca me perdoou. Ignacio demorou tanto para abrir a porta que quis ajudá-lo, puxei um pouco para fora e depois para cima e ele abriu, quando por fim conseguiu vencê-la a vontade foi de fugir espavorido, para surpresa também a dele, sentada na mesa da cozinha estava minha mãe, uma garrafa quase vazia na sua frente, não era a primeira do dia, certamente.

— Pensei que não tinha ninguém.

— Um gole? Venha, sente-se.

— Obrigado, mas não posso. Mostro a casa ao rapaz e já saio.

— Rapaz, venha, tome um copinho comigo.

UM CHINÊS DE BICICLETA

Não era a primeira vez que minha mãe estava tão bêbada que nem me reconhecia, desde que tinha se divorciado passava a metade da semana alcoolizada e todas as tentativas de submetê-la a uma cura tinham fracassado, não tinham sido muitas, meu irmão também gostava de beber e eu preferia me trancar no meu quarto ou até nem aparecer. Não era a primeira vez que minha mãe não me reconhecia, mas sim a primeira que eu não a reconhecia, quero dizer que não a reconheci como mãe, me dava pena vê-la assim, mas não mais do que ver qualquer outra bêbada incurável, se eu quisesse comprar essa casa ela teria discutido o preço como se fosse uma desconhecida.

Ignacio abriu as persianas e foi me mostrando os cômodos, ele as chamava de salas, tecia comentários sobre sua luminosidade quando era graças a sua falta que se dissimulavam as manchas nas paredes e os buracos nas madeiras, quando chegamos ao meu quarto lembrei que tinha algum dinheiro escondido dentro de um manual de Photoshop e aproveitei uma distração do vendedor para pegá-lo, tenho a impressão de que ele percebeu, mas a verdade é que não disse nada, teria sido divertido se me acusasse de roubar a mim mesmo. Para pegar o dinheiro e suponho que também por saudade, foi no meu quarto que passei mais tempo, Ignacio achou que eu o imaginava para os meus filhos e me assegurou que se fosse assim a senhora não teria problemas em me deixar o beliche, a merda de beliche em que eu dormia até um mês atrás e do qual poderia estar me levantando nesse mesmo instante para olhar com cara feia para um intruso, para esse intruso que por uma confusão de repente tinha cara de comprador e até de futuro papai. Dei uma última olhada melancólica, gostaria de levar outras coisas além do dinheiro, o HD do computador, talvez livros e roupas, mas a lista não teria sido muito longa, a verdade é que nada é imprescindível quando se sabe que abandoná-los resultou em sua liberdade.

— Bom, senhora, já estamos indo.

— Eu não quero vender esta casa, acontece que os chineses ao lado não me deixam viver, os chineses levaram o meu filho, esses merdas desses chineses, eles são os culpados de tudo...

— Não foram eles que inventaram o vinho.

— Há?

Minha mãe me olhava com os olhos vazios e eu pensava que teria bastado uma palavra da minha parte, apenas um gesto, para que a vida voltasse a ser como antes, não existe nada tão complicado no mundo que não possa ser desfeito com uma tesourada, mas desde que Vanina me deixou eu tinha aprendido que o mesmo vale para essa vida anterior, se as relações amorosas não são eternas não tem por que as familiares serem, cada dinastia chinesa se autoproclamava eterna e hoje não resta delas nem o sistema que permitia que fossem derrubadas periodicamente. Talvez seja por isso que decidi ser programador, a utopia de controlar tudo o que me atrai do mundo virtual, nada acontece se o programador não quiser que aconteça e qualquer coisa se desfaz só com o apertar de um botão.

No corredor comprovei que minha mãe não mentia, o apartamento ao lado que fazia anos estava desocupado agora era habitado por uns chineses, justo quando saíamos entrava um casal com seu filho, cumprimentei-os em seu idioma e sorridentes me devolveram a saudação, Ignacio deve ter tomado isso como um sinal de que eu gostava do imóvel e já queria me dar bem com os vizinhos, como explicar que cruzar com esses orientais na casa da minha mãe foi como cruzar com um grupo de compatriotas em alguma região distante e inóspita do mundo, um raio de familiaridade entre tanta coisa estranha.

Mundo rasgado

Tudo ali é igual a aqui.

G. W. LEIBNIZ, *O MAIS NOVO DA CHINA*

CONTINUEI O PERCURSO DO MAPA, MAS NÃO VOLTEI A ENTRAR EM nenhum lugar nem passei por todas as lojas marcadas, um detetive deve confiar em seu poder de indução, além disso, estava mais de 35 graus, almocei um bom pedaço de carne e tomei o metrô de volta, não aguentava mais as pernas. Jogado no assento, as gotas de suor escorrendo pelas costas, descobri que os vagões do metrô eram chineses, pelo menos os cartazes de proibido fumar estavam nesse idioma, fiquei pensando quantas outras coisas chinesas subterrâneas existem em Buenos Aires e tentei responder imaginando como seria a cidade se tirassem tudo o que fosse de lá, não só os negócios, mas também objetos como as câmeras digitais e os cinzeiros de vidro, os MP3 players e os tênis marca Niki, a louça branca e os revólveres de plástico, as camisetas falsificadas da seleção argentina, os decodificadores para os canais pornôs, as sacolas dos supermercados, os banquinhos de jardim. Realmente gostaria de saber o que iria acontecer se de repente todo chinês entrasse em greve e já não pensava só em Buenos Aires, mas no mundo em geral, minha sensação era de que nossa vida se afundaria instantaneamente no caos, decerto a maioria das coisas que usamos no dia a dia ou vem da China ou tem alguma parte Made in, se os ianques entrassem em greve teríamos alguns problemas de comunicação por falta de satélites e se os grevistas fossem os europeus ficaríamos sem cinema de autor por um tempo, mas se os que parassem fossem os chineses o mundo pararia, pensando assim não restavam dúvidas sobre quem era a verdadeira potência mundial. Potência no sentido de potencial, claramente o mundo não é dominado por quem tem capacidade prática para dominar, mas pelo que sabe usar com inteligência a capacidade dos demais em seu próprio benefício, se todos os pobres entram em greve, o planeta entra em colapso e nem por isso eles dominam o assunto, esse é o grande paradoxo que o comunismo queria solucionar, mas os paradoxos não têm solução, esse é o maior paradoxo.

De qualquer forma, não sei o que eu fazia pensando nessas coisas, dá para ver que esse dia estava para emendar todos os problemas do mundo, desde os boicotes antichineses passando pelo mistério dos incêndios até os enigmas mais conspícuos da política internacional, na arte da opinologia o difícil é dar o primeiro passo, depois não há quem possa pará-lo por mil li. Meu palpite é que havia algo sintomático em todo o assunto, a gente sai à rua com uma ideia e tudo o que vê está relacionado com o que vinha pensando, descobri isso há alguns anos um dia em que saí preocupado porque meus jeans tinham a barra muito alta, a única coisa que via eram as barras das

UM CHINÊS DE BICICLETA

calças, o mesmo acontece quando estou com tesão e só vejo bundas ou quando estou triste e só vejo desgraçados, pode ser que às vezes seja ao contrário e o que alguém vê determine o que pense, mas eu acho que neste caso a galinha costuma vir antes do ovo, tudo nasce no que choca. Como vinha de semanas no bairro é lógico que esse dia decidi sair como se tivesse acabado de chegar da China, a verdade é que só um olhar rasgado explica que um cartaz visto milhares de vezes de repente me chame a atenção, também de chinês foi meu pensamento de que sem seus produtos o mundo deixaria de funcionar, devem existir poucas nacionalidades no mundo tão vaidosas quanto a amarela, nisso se parece bastante à argentina, com a exceção de que no caso deles há motivos. Porque minha opinião é que os chineses não dominam o mundo porque não querem, porque sentem preguiça, apesar de sua fama de trabalhadores e de que efetivamente trabalham a toque de caixa, o que mais gostam de fazer é folgar e se estão bem não vão mover um fio de cabelo para estar melhor, não sei se será a imobilidade pregada por Lao Tsé ou a falta de tempos verbais no idioma, mas o fato é que nesse sentido são o perfeito burocrata comunista. Suponho que também por isso foi tão fácil para Mao conquistar o país, os chineses entenderam muito rapidamente que nunca encontrariam um sistema mais burocrático que o comunismo e que a burocracia era a forma mais bem-acabada de hedonismo, no fundo eles são os únicos que sabem como levar uma boa vida sem muito esforço e as ameaças que a cada tanto mandam de que vão dominar o mundo são para que os deixemos em paz, querem que nos assustemos e paremos de comprar suas porcarias assim podem se dedicar mais tempo a jogar Go e tomar chá. Da mesma forma, eu acho que, se dominassem o mundo, os chineses não fariam grandes mudanças, menos hambúrgueres e mais chao fan, menos MTV e mais karaokê, definitivamente menos de algo diferente e mais do mesmo, nada de novo sob o sol nem onde o sol se desperta nem onde vai dormir.

51

Forget it, Jake. It's Chinatown.

Joe Mantell em *Chinatown,*

de ROMAN POLANSKI

O GRANDE COMPUTADOR QUIS QUE EU SAÍSSE PELA PRIMEIRA VEZ EM seis semanas e apenas por algumas horas para que à minha volta o bairro já não fosse o mesmo, Li havia reaparecido, Lito e Chen tinham morrido e Yintai estava grávida. Fiquei sabendo dessas novidades no sentido inverso, a primeira pela boca do dono do restaurante, um homem não exatamente sensível que me anunciou o estado da minha namorada com a delicadeza de um telegrama certificado, Yintai senti mal baiga bebê englavidada, depois disso me lembrou que eu devia fazer sua homepage e exigiu que lhe devolvesse o dinheiro do caixa, a possibilidade de que o ladrão fosse outro nunca pareceu ter estado em discussão. Encontrei Yintai jogada na cama, chorou ao me ver, me disse que não esperava que voltasse nunca mais, acariciando seu cabelo, dei uma bronca por se permitir essas fantasias e lhe perguntei se não tinha algo importante para me dizer, sim tinha, Lito e Chen estavam mortos, me comunicou com tal frieza que reconsiderei minha opinião sobre a falta de tato do dono, talvez essa era a forma como os chineses anunciavam as notícias muito boas ou muito más, as que não precisam de reforço retórico para impactar.

— Não tem outra coisa para me dizer? Que está grávida, por exemplo?

— Como sabia? Queria dizer eta manhã ma brigamu e depoi você foi. Pensei que ia ter outro filho sem pai.

— Boba.

Contei sobre minha visita à loja de móveis e o episódio na minha casa, também que o homem da imobiliária já tinha adivinhado que eu ia ser pai, enquanto me perguntava como tinha ocorrido e se as datas batiam, o como na verdade era previsível, wuwei e camisinha não se dão muito bem, digamos, e a verdade é que nós também não fazíamos muito esforço para nos acostumar, quanto às datas pensava que tecnicamente havia chance, fazia mais ou menos um mês que dormíamos juntos e nunca tinha ficado menstruada, cabia a possibilidade de que ela já tivesse vindo com um presentinho antes, mas para ser sincero eu nem me importava muito, se ela me queria como pai de seus filhos isso me dava tanta felicidade como se realmente fosse.

— O que aconteceu com Lito e Chen?

— Não sei, vai ver. Etá Li.

Lito e Chen estava nus sobre a cama, cada um com um punhal enfiado no estômago do outro, era como se tivessem feito harakiri,

246

os intestinos se misturavam no meio, o espetáculo me deixou tão impressionado que tive como que um ataque de riso, mas era de vômito, reguei os cadáveres com o bife do almoço semidigerido. Li tinha me advertido para não entrar no quarto, mas como quem recomenda não provar um bolo do qual provou, se houvesse colocado um pouco mais de veemência em sua advertência hoje me lembraria de Lito e Chen tal como os conheci em vida e não como esse par de frangos arrebentados nadando em suas próprias vísceras.

— Não parece que deveríamos chamar a polícia?

— Quem?

— A Jing-cha.

— Tai hao le! Vejo que você esteve fazendo avanços durante a minha ausência.

— Xie-xie. Ligamos então para a polícia?

— Meio.

Enquanto enrolávamos os corpos nos lençóis, perguntei a Li onde ele tinha estado e por que tinha demorado tanto tempo para voltar, em vez de me responder o espertalhão me dava instruções ou soltava palavrões metade em chinês e metade em espanhol, como estão pesados a puta que sheng chu, yin hu da porra onde deixei as chaves, a mistura de idiomas me fazia rir e assim esquecia por que estava triste, embora também tivesse motivos para estar alegre, na verdade não sabia como me sentia, a gravidez de Yintai e a reaparição de Li tinham me deixado feliz enquanto as mortes de Lito e Chen doíam mais do que eu queria admitir, eram coisas muito pesadas para medi-las de uma só vez, não havia balança que resistisse nem que tivesse o mesmo peso dos dois lados. Resolvi o caos de sentimentos com a expressão mais ambígua de todos eles, o choro, providencial e contido como quem sabe que vai vomitar, me recostei na poltrona, adotei a posição fetal e soltei as lágrimas, por turnos consecutivos chorei por Lito e por Chen, por Vanina e pela minha mãe, pelo filho que ia ter e por minha vida nova com Yintai, devo ter passado uma hora inteira empapando as almofadas, os séculos que passei sem chorar não pareciam ter influenciado negativamente minha produtividade.

— Tinha ficado amigo deles?

— Tinha. Com Lito estava escrevendo um mangá. Um mangá sobre você.

— Sobre mim?

— Queríamos contar sua história, não a oficial, a outra. Não consigo acreditar que fizeram isso. Será que não foi a mápia chinesa como dizia Chen e os colocou assim para que parecesse um suicídio múltiplo?

— A máfia chinesa não existe, é o Esopo que dizem ter escrito todas as fábulas. E se foi uma vingança, se mataram a Lito por ser japonês e a Chen por dormir com o inimigo, não faz grande diferença.

— Como não? Se não sabemos quem foi nunca poderemos fazer justiça.

— Quem tiver que vingá-los vai ficar sabendo.

— Não me referia a essa justiça.

— Não há outra.

— Claro que há. Aqui não é a selva.

— Não, é o bairro chinês.

52

Os racistas costumam perguntar se alguma vez alguém viu o enterro de um chinês, a ideia é que respondam não, porque os chineses se comem entre si e usam as sobras de seus banquetes canibais para encher os rolinhos primavera, supostamente isso é uma piada, hahahahehehehihihi. O fato, no entanto, é que os chineses se enterram como qualquer morto, eu vi, sim, a diferença é que eles não podem optar entre caixão e cremação, todos vão ao forno, é lógico, se têm problemas de natalidade não surpreende que também tenham de mortandade, ao que parece os cemitérios estão tão lotados quanto os jardins de infância, cada morto com seu féretro são dois metros quadrados menos de arrozais para os vivos.

— Assim como fazem campanha para que as pessoas não tenham filhos poderiam fazer campanha para que as pessoas não morram: um morto por família, depois é preciso pagar os impostos.

— Você ri, mas logo, logo vai ser mais barato enterrar as cinzas na Mongólia ou no Vietnã.

O velório de Lito e Chen durou até o dia seguinte, por regra deveriam ter sido três, mas Li decidiu tirar antes o cartaz por falta de público, de fato quase ninguém foi, algumas velhinhas do bairro e um parente de Lito que nos deixou um envelope vermelho com oito pesos, que gastamos em duas sacolinhas de Chun-zao e um suco de lichia, dá para ver que mesmo nos funerais é costume dar esses envelopes de presente, se chamam Lai-si, se um dia eu me mudar para a China, vou montar uma fábrica, milhões devem ter tido a ideia antes de mim, mas claro que mesmo assim é um bom negócio. Também apareceram uns jogadores de Go do clube taiwanês, eram cinco, fizeram suas reverências em frente aos corpos e se arrancaram umas lágrimas como quem força uma mostra de matéria fecal no banheiro do laboratório, aparentemente dá azar ver um morto com os olhos secos, depois se aproximaram de nós para informar que Lito tinha dívidas de jogo com eles e que procederiam a levar o computador e alguma outra coisinha, embora na China a democracia não domine, eu e Li aceitamos a vontade da maioria, foi assim que fiquei sabendo que os torneios de Go não eram tão inocentes quanto pareciam.

— No clube taiwanês, não entra quem não aposta pesado.

— Mas isso é ilegal.

— Assim dizem os que saem perdendo, com certeza nada disso importa quando se está ganhando.

Durante as horas que passamos velando os corpos de nossos amigos, também fiquei sabendo de outras coisas, a mais importante foi a teoria de Li sobre a origem dos incêndios nas lojas de móveis, me revelou depois de perguntar onde eu tinha estado na manhã da tragédia e de que eu lhe contasse minha tese do complô caminhoneiro, tese que até para os meus ouvidos foi ficando cada vez mais absurda à medida que fui expondo, a verdade é que fechava menos que internet.

— Vou te contar o que aconteceu realmente porque vejo que sozinho você nunca vai entender.

— Nunca fui muito bom nas adivinhações, é verdade.

Se em vez de usar o mapa para excursões não autorizadas eu tivesse me dedicado a observá-lo em detalhes, teria me dado conta de que as marcas formavam um desenho, me explicou Li, mais especificamente a letra *kuf* do alfabeto hebraico, formada por sua vez pela letra *zayin* e a letra *reish*, esta formada pelas letras *yud* e *shin*. Como eu seguramente já sabia, Li continuou me superestimando, ou estava simplesmente sendo irônico comigo, difícil entender seus tons, além do que se eu continuava sob o choque das mortes, ele não parecia muito afetado, típica displicência oriental; cada uma dessas letras tinha na cabala judaica um significado e um valor numérico que por sua vez tinha seu significado, a letra *kuf* por exemplo simbolizava a onipresença de Deus e tinha o valor numérico 100, quer dizer a idade de Abraão no momento em que Isaac nasceu, a letra *zayin* por outro lado tinha forma de espada e como se pronunciava da mesma forma que a palavra armamento simbolizava a força e a letra *yud*, a indivisível, nos lembrava com seu valor numérico as dez pragas e sobretudo a décima, a matança dos primogênitos.

— Está entendendo?

— Nadinha.

— Isso porque o complicado ainda nem chegou.

O desenho sobre o mapa correspondia não só à letra *kuf* do alfabeto hebraico mas também a consoante *zi* do alfabeto chinês, formada por sua vez pela letra *xi* e a letra *buo*, a primeira delas significava riqueza, a segunda minguar e a terceira primogênito. O que ele queria dizer com isso?, perguntou Li, muito simples, ele mesmo respondeu: que os lugares incendiados não eram ao acaso, mas intencionais, que respondiam a um traço específico e que essas letras ocultavam uma mensagem cifrada da comunidade judaica à comunidade chinesa.

— E qual seria a mensagem?

— Que vão nos incinerar com nossos próprios métodos.

O apocalipse segundo Li

> Seus socos não servem para nada.
> Não pode matar seu mestre de boxe
> com golpes que aprendeu dele.
>
> Lu Sin, *O voo à Lua*

Segundo os judeus, segundo Li, os chineses vinham atacando por todos os lados, primeiro tinham roubado o bairro do Once, hoje efetivamente tomado por orientais, não chineses, mas coreanos, mas que fosse eu explicar a um judeu a diferença, primeiro tinham sido expulsos do Once e agora de Belgrano, a outra zona de tradição judaica da cidade, a diferença é que aqui predominavam os asquenazes enquanto que lá eram os sefardi, mas que eu não tentasse explicar a diferença a um chinês. Para frear esse êxodo forçado, que os colocava errando pela urbe como nos tempos de Moisés pelo deserto, os conterrâneos planejavam, e por conterrâneos Li se referia aos hebreus, segundo eles a palavra fazia alusão apenas aos membros da coletividade judaica antes de ser expropriada pelos chineses, até isso tinham roubado deles, para fazer frente à prepotência chinesa, os judeus planejavam fundar um tipo de Israel em plena rua Arribeños.

— Ah, bom, bem no centro da bagunça.

— Experiência é o que não falta para eles.

O contra-ataque semita tinha começado há mais de uma década, continuou Li, primeiro com a construção de uma sinagoga e depois com a abertura de uma loja de fogos de artifício, a loja perto da estação e a sinagoga na outra ponta, para deixar bem claro de onde e até onde os chineses tinham permissão para ampliar seu gueto. A presença física no lugar viera acompanhada de artimanhas psicológicas não menos perversas, desde o cinismo que implicava abrir uma loja de fogos de artifício no bairro dos descobridores da pólvora até o nome da sinagoga, Amijai, segundo os judeus em homenagem ao poeta Yehuda Amijai, mas segundo Li uma palavra chinesa que devia ser lida como a-I (sujo) mi-I (olhos semicerrados) hai-3 (reunião de multidão), ou seja, multidão de chineses imundos.

— E como você sabe tanto do judaísmo?

— Da sinagoga da prisão.

— Em Devoto tem uma sinagoga?

— Claro. E sabem quem a dirige? A esposa do rabino de Amijai.

Fazendo-se passar por judeu, continuou contando Li, mas parou para me perguntar do que eu estava rindo, assim como havia gaúchos judeus também havia chineses judeus, e não desde ontem, mas desde sempre, a cidade de Kaifeng às margens do rio Amarelo era famosa por sua população semita, que eu fizesse o favor de me informar melhor antes de prejulgar. Fazendo-se passar por judeu Li pôde saber qual era o fundo místico da briga pelo bairro do Once, parece que segunda a cabala, o Antigo Testamento tinha sido escrito com fogo negro sobre fogo branco e por isso os conspiradores hebreus tinham escolhido o fogo para sua primeira mensagem, queriam demonstrar que entre eles a substância ígnea tinha tanta tradição quanto entre os chineses e que não hesitariam em usá-la para fazer com que virassem fumaça, também por motivos práticos, todos os donos das lojas de móveis eram judeus e se sacrificaram pela causa.

— É verdade! A dona da loja de móveis que eu visitei se parecia muito com minha ex-sogra. E falou mal dos chineses. Como não me toquei?

— Eu é que pergunto.

O conflito tinha explodido em Buenos Aires, mas era bem antigo e acontecia no mundo todo, continuou explicando Li, em jogo estava nada menos do que a antiguidade das respectivas culturas, enquanto outros lutavam para ser donos do futuro do planeta, os chineses e os judeus disputavam seu passado, ambos os povos sabiam que quem domina o que foi já tem conquistada grande parte do que será, os chineses sabiam disso por serem tradicionalistas e os judeus por serem psicanalisados. O epicentro da batalha entre o quipá e o qipao era a origem da raça americana, para os chineses descendíamos do Extremo Oriente e para os judeus do Próximo, nesse sentido os incêndios falavam uma linguagem clara como a água: a *kuf* e suas letras subsidiárias, umas dentro das outras como a manupuntura na acupuntura e a dedopuntura na manupuntura, declaravam a onipresença de um Deus único e indivisível que precedia em um século a qualquer um e que com sua força diminuiria o *zi* dos chineses, quer dizer sua riqueza, e acabaria com seus *buo* ou primogênitos da mesma forma que no Egito.

— E não há forma de acabar com essa loucura?

— Meio.

A batalha só acabaria quando um dos dois bandos se esfumasse da face da terra, vaticinou Li num tom cada vez mais apocalíptico, com o ingresso do chinês de Jáuregui no clube Defensores de Belgrano a coisa estava fora de controle, segundo Li os judeus nunca perdoariam os chineses que jogassem para o Dragão.

— Por quê?

— É o clube dos nazistas, como o Atlanta é o dos judeus. Ou você não notou quando fomos ao estádio que junto com os papeizinhos voavam sabonetes? Não era para chamar de porcos os torcedores do Atlanta, mas para lembrar o que os alemães fizeram com seus avós.

Por culpa da decisão pouco feliz do goleiro García, Buenos Aires tinha se convertido no epicentro de uma escalada bélica da qual as lojas de móveis incendiadas eram apenas um pálido prólogo, que eu não me deixasse enganar por casos de suposta harmonia interracial como a do diretor judeu Ariel Rotter e a atriz chinesa Ailí Chen porque se a coisa continuasse assim a cidade não sobreviveria ao iminente Ano-novo chinês, ou o que eu acreditava que era descarregado dos caminhões na loja de fogos de artifício da rua Arribeños? Serpentes voadoras? Estrelinhas mágicas? Biribinhas? Que eu não fosse inocente, o que os judeus estavam armazenando era um arsenal capaz de produzir uma catástrofe de dimensões imprevisíveis nem bem os chineses começassem a comemorar.

54

CREMAMOS OS CORPOS DE LITO E CHEN EM CHACARITA, CHAO NOS emprestou sua caminhonete para transportar os corpos, guardamos as cinzas dentro de uns vasos de cerâmica branca, dois por dez pesos, como somos pouca coisa. De volta ao apartamento, nos dedicamos a organizar os jogos de tabuleiro, queríamos vendê-los em alguma feira de usados para recuperar o que demos de propina para os caras da cremação, como eram chineses e ainda mais sem documentos criaram um pouco de problema, puro teatro, pagando em dinheiro eles carbonizam qualquer coisa. O resto das coisas também devia ser vendido, entre elas a prótese de Chen, a ideia tinha sido, naturalmente, de Li, típico pragmatismo oriental, eu como bom argentino teria guardado tudo no depósito e os ratos que comam.

— O que não entendo é por que justo você foi o bode expiatório. — Me atrevi a voltar ao tema dos incêndios numa de nossas pausas de trabalho.

— Chinês expiatório — corrigiu.

Quando a polícia não consegue resolver um crime, coisa que ocorria com alarmante frequência, sua tática era prender qualquer chinês expiatório e só liberá-lo se ele desse alguma solução, explicou Li, os presos então tinham permissão para sair da prisão de vez em quando e ir juntando provas, de passagem sugeriam que roubassem alguma coisinha para fazer um agrado aos carcereiros. O método era eficiente, melhor do que qualquer tortura, até do que qualquer tortura chinesa, sua aplicação permitia resolver três quartos dos casos mais difíceis embora naturalmente resolver fosse um eufemismo, o correto era dizer que os casos ficavam fechados, assim como os inocentes confessam qualquer coisa sob tortura, os chineses expiatórios costumavam apresentar como culpados pessoas tão desconhecedoras do delito quanto eles mesmos. Com a diferença, suavizou Li, sempre acendendo ou pitando ou apagando um cigarro para em seguida acender outro com sua caixa de fósforos Los Tres Patitos tamanho família, com a diferença de que os presos eram obrigados a se esmerar muito mais do que os policiais na verossimilhança de suas acusações, por isso eram chamados de chineses expiatórios e não bodes expiatórios, porque vinham com contos chineses, mas bem-armados, críveis, nisso a justiça era como a literatura, o que menos importava era a verdade.

— Eu achava que esse jogo de palavras tinha sido inventado por seu advogado.

— Mas não. O de chinês expiatório é um segredo bem divulgado, todo mundo sabe, mas também sabe que não se deve falar em voz alta.

Ele tinha sido o primeiro chinês expiatório verdadeiramente chinês, esclareceu, talvez por isso o sistema tenha funcionado, no seu caso, ao contrário do habitual, em vez de serem os policiais que lhe ofereceram a liberdade em troca de que resolvesse o enigma dos incêndios, foi ele quem os convenceu de que podia resolver, como para eles ajudar os judeus era tão repugnante quanto os chineses, concordaram e assim Li pôde ter uma segunda chance de chegar à verdade. Segundo, me esclareceu depois de uma típica pausa de efeito, porque, na realidade, ele tinha sido preso tentando precisamente resolver o crime dos incêndios, seu sonho era ser policial e estava convencido de que para resolver um crime é preciso entendê-lo e para entendê-lo é preciso cometê-lo.

— Ou seja, você incendiou as lojas?

— Sim e não.

De fato, ele tinha incendiado uma loja, confessou Li, a última para ser mais preciso, mas só com o objetivo de estar na pele do piromaníaco em série e assim compreender suas motivações e seus procedimentos, Li acreditava que desse modo pegaria o malfeitor e seria admitido na Polícia, pelo menos era uma possibilidade, ter o segundo grau completo e a nacionalidade argentina, por outro lado, não era. Porque ele não sabia se eu sabia, mas apesar das dezenas de milhares de imigrantes orientais que residiam em nosso país as forças da ordem não contavam com um único agente dessa procedência, por isso nem se animavam a entrar no bairro, o policial que andava por aí era um judeu disfarçado, embora nem muito, onde já se viu um tira com barba fumando cachimbo.

— Esse cara realmente me pareceu muito estranho.

— Seu poder de observação é impressionante.

Em seu afã por resolver o enigma e assim abrir caminho até a delegacia do bairro, Li tinha cometido três erros, admitiu, o primeiro deles era não ter aprendido a andar de bicicleta, ele sabia que isso me pareceria ridículo, mas devia acreditar nele, assim como existem marinheiros que não sabem nadar e argentinos que não comem carne também existem chineses que não sabem manter o equilíbrio sobre duas rodas, ele era um deles e por isso caiu, ou como se explicava que o tivessem agarrado vinte minutos depois do incêndio a sete quarteirões do lugar? Três minutos por quarteirão não era a média nem de alguém que fosse caminhando, a não ser que carregasse uma bicicleta. O segundo erro tinha sido na escolha dos álibis, prosseguiu Li com sua autocrítica comunista, os fósforos serviram para acender os cigarros e as pedras para consertar a bicicleta eram desculpas perfeitamente compreensíveis na China, não na Argentina.

— O mesmo aconteceu comigo com este furúnculo que me extirparam quando era criança. Na delegacia me perguntaram por que tinha essa ferida na cabeça e eu disse que o presidente da China tinha inserido um chip. É a piada típica, como você diria, que os chineses fazem quando temos uma ferida, mas aqui não entenderam.

O único consolo de Li nesse sentido era que os judeus tinham cometido o mesmo erro, pensaram que para atribuir os incêndios a um chinês o óbvio era que o piromaníaco se movesse numa bicicleta, mas se esqueceram de averiguar antes se Li cumpria com esse requisito tão oriental. E esse fora seu terceiro erro, lamentou Li, o mais grave segundo ele, o que tinha feito com que desistisse de sua carreira policial para sempre: não se dar conta de que os judeus sabiam de suas aspirações, conheciam seus métodos e haviam espalhado os incêndios de uma forma que ele, cedo ou tarde, ele acabaria caindo na armadilha de cometê-los.

— Mas como vão saber tudo isso sobre você?

UM CHINÊS DE BICICLETA

— Sabem até que meu nome corresponde ao hexagrama do fogo no I Ching. Nunca subestime o Mossad.

— Fiquei a ver navios.

— Da mesma forma, estou agradecido, ao Mossad e aos policiais que me detiveram. Se não tivesse sido por eles, nunca teria feito meu satori.

— O seu o quê?

O satori que nunca alcançou o moishe que não era assim

O tipo de conhecimento que pode transmitir uma filosofia conformada mediante tal classe de língua tende necessariamente a ser o resultado de uma sucessão de exemplos e de ilustrações cuja sucessão não está ordenada logicamente nem oferece nexo entre uns e outras.

F. S. C. NORTHROP, *O encontro de Leste e Oeste*

SATORI ERA O MOMENTO DO CONHECIMENTO INTUITIVO DA VERDADE esclareceu o mestre Li, ou o louco Li, quem seria capaz de distinguir a essa altura, o instante em que de uma ferroada nossa mente por fim entende todo o universo, a eureka oriental. Qualquer método podia ser adequado na hora de buscar o satori, o caminho para ele só ficava claro quando se chegava a seu fim, no caso de Li por exemplo cometer o incêndio pelo qual o tinham prendido fora suficiente, eu por outro lado não parecia estar me servindo nem da exposição direta. Porque todos os indícios que Li estivera acumulando a meu redor, todas as suas ambiguidades e silêncios só tinham como fim que eu chegasse ao satori segundo a estratégia típica dos mestres de kung fu, quer dizer, nunca de forma direta e sempre por meio de rodeios incompreensíveis para o aluno, como se a luz do intelecto fosse tão forte quanto à do sol e olhá-lo diretamente pudesse machucar os olhos. Assim como se dizia que a Grande Muralha tinha sido construída somando partes desconexas e como as palavras chinesas eram uma concatenação de símbolos isolados, Li tinha me proporcionado tijolos simbólicos para que eu terminasse de montá-los num momento de iluminação divina, segundo ele essa era a única forma de eu me convencer por completo da verdade de suas teorias e transmitir esse convencimento ao resto das pessoas, a única forma de salvar a cidade e o mundo do Apocalipse iminente.

— Mas você nunca entendeu. Sempre foi chinês básico para você.

— E por que era eu quem tinha de entender?

Entendi naquele momento que o cálculo de Li era que só acreditariam se um judeu falasse sobre a existência de um complô judeu, ao contrário de Li Hongzhi, o criador do Falun Gong que utilizava seu exílio nova-iorquino para denunciar o que faziam com sua gente no interior da China, a ideia de Li era que eu utilizasse meu exílio forçado no interior do bairro chinês para denunciar o que minha gente fazia aos chineses fora de lá, um cálculo francamente irrepreensível salvo por um pequeno detalhe, Li tinha acreditado que eu era judeu, quando se deu conta de que não era o caso já era tarde demais para remediar.

— E como se deu conta de que eu não era judeu?

— Quando tomamos banho juntos.

— Ah, por isso me fez tomar uma ducha com você.

— Óbvio. Já estava tendo ilusões?

— Mas tomamos mais de uma ducha juntos.

— Bom, tinha que disfarçar, assim você acreditaria que era um antigo costume chinês.

— Xiao-ren!

Por ser gordinho, sardento e narigudo, Li tinha achado que eu era judeu, ver o prepúcio o deixara profundamente deprimido, em geral o deprimia não conseguir distinguir os moishes, porque na verdade nem o pinto cortado nos homens nem as cadeiras largas nas mulheres nem o nariz aquilino em ambos serviam de guia confiáveis, queixou-se, às vezes nem sequer o sobrenome podia ser usado como prova, era como lutar contra um exército invisível, e ele com seus olhos puxados, o mundo era injusto. A amargura tinha sido tão grande que pensou em abortar a missão, se não o fez foi porque já se havia se comprometido com a Polícia, tinham possibilitado a fuga do processado e dado a ordem de não divulgar minha foto nem me buscar assim agora ele não podia dar para trás, ou solucionava o caso dos incêndios para eles ou devia voltar para a prisão.

— Bom, não importa, mesmo não sendo judeu posso denunciar o complô que armaram contra você.

— Não mais. Entenda que tudo sem satori não tem sentido. É como explicar uma piada, se o outro ri é só por compromisso.

— Mas eu rio, quero dizer que acredito em você, Li.

— Não o suficiente. E meu nome não é Li, mas Qin-Zhong, como o personagem de *O sonho do aposento vermelho*.

— E só agora você me diz isso?

— Nunca é tarde. Nem para isso, nem para nada. Por isso eu puxo o carro. Não quero estar aqui no Ano-novo, quando tudo isso voar pelos ares.

E foi embora, o desgraçado, terminou de organizar as coisas comigo, me convidou para jantar na churrascaria da esquina, me deu de presente a foto em que estávamos abraçados com a muralha da China atrás e foi embora, o desalmado, foi de bicicleta como pude observar desde a sacada, não podia chegar muito longe se tivesse me dito a verdade, no entanto, nunca mais voltou.

O mangá de Li

Faça isso você, eu vou fumar meu cachimbo.

LITO MING (in memoriam)

A BATALHA FINAL ENTRE ATLANTAS E DRAGÕES ACONTECERIA NA galáxia Baires. Para lá partem Fosforinho do planeta dos neschi, onde habitam os Dragões (os Atlantas são do planeta Srliae). A especialidade de Fosforinho é o fogo. Pode acender qualquer coisa, até a água.

Antes de partir, o rei dos Dragões põe um chip em sua cabeça.

— Assim poderemos mandar instruções até a vitória, sempre. Procure não se coçar. Nem pintar o cabelo.

Do planeta dos neschi à galáxia Baires há milhares de li de distância. Além disso, Fosforinho devia cruzar o Atlântico, onde abundam os Atlantas (não tem certeza, mas deduz pelo nome). Por isso toma outro caminho, mais pacífico. Chega em duas horas.

Ariel Magnus

Na fila de imigrações um extragaláctico da raça Reanaco olha torto e começam a brigar. Fosforinho, que em matéria de luta segue os ensinamentos do ieet kune do Bruce Lee, seu limite é não ter limite, ou seja, vale tudo, faz cócegas embaixo do braço, morde uma orelha e depois quebra todas as costelas com um chute. O Reanaco reage e deixa a mandíbula de Fosforinho na altura da testa com um gancho que faz o chão tremer (depois se soube que não tinha sido o golpe, mas que nesse momento o metrô estava passando). Em seguida, Fosforinho enfia a caneta com que estava preenchendo os papéis na jugular, o jorro de sangue serve de bebedouro a uma moscaria. Depois, ele entrega o Reanaco debilitado a uns operários e lhes explica como enterrá-lo dentro de alguma parede.

— Com esse método em meu planeta construímos a muralha mais longa do universo — argumenta.

Fosforinho tem todos os papéis em ordem, mas as autoridades de Baires lhe negam o visto de entrada.

— Obrigado, já compramos — Mostram seus isqueiros coloridos (cinco por um peso).

O planeta dos neschi é o principal provedor de isqueiros automáticos do universo. Vendem tantos que não sobra para eles e por isso os Dragões usam fósforos. Algo parecido se dá com os habitantes de Baires, mas com o leite e a carne (comem papelão).

Desesperado, Fosforinho pede instruções a seu rei, mas o chip já estava quebrado. Qualidade neschi.

Enquanto ele almoça, um engraxate oferece seus serviços. Fosforinho diz que não. O outro insiste. Começam a lutar. O engraxate o derruba com uma cabeçada e dobra suas pernas até obrigá-lo a comer os próprios sapatos. Fosforinho reage e com as mãos arranca o coração e o cérebro do outro e os troca de lugar. O engraxate se faz poeta e já não o incomoda mais.

O garçom do bar é um extragaláctico da raça Uerp que em troca de dois maços de Marlboro light informa que pelo portão norte se pode entrar sem papéis.

— Os Baireanos são generosos assim — explica —, tirando os que vêm roubá-los todos entram pela porta de serviço.

Fosforinho se dirige ao portão norte em sua nave especial, propulsionada à força de especiarias picantes (são aplicadas na comida do condutor). No caminho, ele faz uma pausa para admirar as Cataratas de Íguaçu (antigamente conhecidas como Cataratas do Iguáçu e mais antigamente como Cataratas do Iguaçu). Tal como dizia seu guia turístico do guerreiro galáctico, trata-se de uma excelente reprodução em formato grande das pequenas cataratas com que os Dragões decoram suas casas e seus restaurantes. Fosforinho reflete: A natureza imita a arte que imita a natureza imitando a arte de imitar a natureza artística.

Na fronteira, deixam que passem sem nem sequer olhar os papéis. Por gastos administrativos eles retêm outros dois maços de Marlboro light. Agora restam apenas 9.999.996.

Enquanto isso, no seio da galáxia de Baires, os Atlantas conspiram contra os Dragões. São acusados de colonialismo de terceiro grau (Baires era uma colônia cacoropea que eles tinham colonizado por partes na segunda vez). Seu plano é roubar o fogo de Fosforinho, provocar alguns incêndios em lugares estratégicos da galáxia e depois acusá-lo frente aos cacoropeos. Tudo isso é chamado de Missão Prometeu Circuncidado.

As principais armas dos Atlantas são: o quipá (um disco de aço afiado estilo estrelinha ninja, mas com efeito bumerangue incorporado), a torá (um tapete voador que funciona como uma cinta de corrida que funciona como um tapete voador) e o talit (um cachecol que quando se estica adquire a firmeza de uma espada e se a briga fica boa até cospe alguns projéteis, também chamados de pots). As armas dos Dragões são: o escarro (podem produzi-lo em tamanha quantidade que sua vítima morre afogada em questão de segundos), os palitos (são tão hábeis com eles que sabem agarrar desde um pelinho do pescoço até o pescoço inteiro), as artes marciais (um conjunto de técnicas de luta que incluem a dos dois palitos, a do escarro e a do escarro com palitos).

As armas que os Dragões e os Atlantes têm em comum também são três: o mahjong (que os Atlantes chamam de Burako e dizem que inventaram antes), a pechincha (que os Dragões chamam Bisnis) e o mau gosto (que ambos chamam tradição).

Atlantas e Dragões já tinham se medido depois da lendária batalha do Once. Os anais guardam a crônica daqueles fatos de violência:

— 100!

— 1!

— 99!

— 2!

— 98!

— 3!

Etc.

— 50

— Ok.

UM CHINÊS DE BICICLETA

A Missão Prometeu Circuncidado acabou sendo um sucesso: aproveitando que Fosforinho está com jet lag (menos conhecida como disritmia circadiana), os Atlantes roubam o fogo deles e espalham pela galáxia. O desenho que formam os focos ígneos pode ser visto das outras galáxias, melhor inclusive que a Grande Muralha dos Dragões. Os espectadores, de acordo com o ângulo, a história pessoal e o nível de alfabetização de cada um, descobrem respectivamente um pastor com uma ovelha, uma mulher praticando uma felação no pastor, meio copo vazio ou meio copo cheio, a palavra Vingança, também escrita com *b*.

Fosforinho sai para recuperar o fogo, mas se queima e deve ser internado no Borda, que acaba sendo não um instituto para queimados mas um neuropsiquiátrico de alta segurança. Quando se dá conta, começa a lutar com sete enfermeiros que amarram suas mãos. Com um só chute, arranca as sete cabeças (um era bicéfalo, mas outro era acéfalo, assim compensavam). O sangue brota dos corpos mutilados formando ondas. Fosforinho monta uma balsa com as extremidades dos enfermeiros atadas entre si com pedaços de escroto e surfa até a porta de saída. Mas a porta automática não abre (qualidade neschi) e Fosforinho é pego novamente.

Fosforinho passa meses no Borda contido pelo afeto dos pacientes, como se chama na instituição o efeito dos estupefacientes. Depois de um tempo é trasladado ao mosteiro Devoto. Então entra em contato com uma rabina, que o inicia nos mistérios religiosos dos Atlantes. Também o inicia em outros mistérios: o beijo da mariposa, a flautista, o missionário, o quebra-cabeça, a cavalgada de costas, as aspas do moinho, a chuva dourada.

Ariel Magnus

Em seu novo lar, Fosforinho se propõe a decorar sua cela segundo os preceitos do feng shui. Quer dividi-la em áreas (o amor, o dinheiro, o banheiro) e reorganizar o mobiliário (cama e privada) segundo os oito kua, de modo que olhem para o signo cardeal que harmoniza com o yin-yang e facilite a livre circulação do chi. Não consegue.

Deprimido, Fosforinho começa uma dieta estrita à base de saliva, convencido de que é mais energizante que o ginseng. A greve de fome piora e ele é levado a um hospital onde é diagnosticado com muito estlesse e recomendam que dulma.

Enquanto isso, no planeta dos neschi se reúnem os melhores guerreiros de terracota para uma missão de salvamento. São sete e se fazem chamar de o Bando de Argenchinos. Numa operação muito arriscada, entram no hospital e libertam Fosforinho. Agora se preparam para a batalha final contra os Atlantes, que ocorrerá no dia do Ano-novo lunar. Poderá a galáxia Baires sobreviver ao choque mais temido de todos os tempos?

4705

Quando digo a você chinesa chinesa chinesa da minha alma
você me responde: chinesinho de amô.
Quando digo a você chinês chinês chinês da minha alma
você me responde: chinesinha de amô.
Chinesinha você, chinesinho eu
chinesinho você, chinesinha eu
e nosso amô assim selá
semple semple igual.

GABI, FOFÓ E MILIKI

DE VEZ EM QUANDO ÀS NOVE DA MANHÃ JÁ SE PODEM VER OS PRI-
meiros conterrâneos armando suas barraquinhas, vendem de bonsais
até xaropes à base de gingko, os médicos curam mas as ervas saram
diz nas embalagens, também diz que em caso de dúvida consulte-
mos nosso médico, suponho que para que nos curem da cura. Muito
perto uns dos outros há calígrafos que escrevem seu nome em chinês

por um peso e cinquenta, escutam os clientes e traduzem os sons a ideogramas que têm seu próprio significado, Lamilo em meu caso vale tanto quanto frango salgado-sobretudo-olhar, cada um faz as interpretações que quiser e se não está de acordo pode pedir o mesmo nome ao calígrafo ao lado, nunca vão coincidir.

Junto aos conterrâneos vão se acomodando também os oportunistas, a Western Union oferece o envio de dinheiro ao exterior por nada mais do que um dólar e os da Fundação Tzu Chi pedem moedas por seus cofrinhos de bambu, a Coca-Cola dá sua bebida de presente e a Eisenbeck sua cerveja, a Quilmes baixou o preço e mandou uma promoter distribuir folhetos em chinês, a menina de minissaia tem traços asiáticos, mas diz Feliz Ano-novo em espanhol, se respondem em chinês ela sorri sem entender, nem Xin Nian Le!, ensinaram a ela.

Além de rolinhos primavera e chá de pérolas, além de Chichai-ka e Chin-Pao e Chenku-Tsia e Su-Wen, este último é meu preferido, é como uma água-viva mas não queima, da mesma forma não recomendo, os bolos parecem inofensivos como um mestre de Tai Chi, mas depois doem no estômago como um de seus chutes; além de especialidades chinesas há uma barraquinha de kebab, outra de salada de frutas e outra de cachorros-quentes chineses, o tipo chinês é uma salsicha envolvida em massa de panqueca e depois frita, meu palpite é que quando o Ano-novo chinês acaba eles vão ao festival nacional do queijo em Tafí del Valle e vendem o que sobrou como cachorro-quente guarani.

— Não sabia que o kebab era uma comida chinesa, Cacho.

— Isso é o bom de vir a este tipo de evento, Pocha, sempre se aprende algo novo.

UM CHINÊS DE BICICLETA

Mais ou menos às onze, as pessoas começam a encher as calçadas, a partir das doze não dá para caminhar nem pela rua e depois da uma a aglomeração é tamanha que o ar começa a faltar, dentro da Associação taiwanesa um televisor mostra imagens ao vivo do Ano-novo na China, não estão menos apertados do que nós aqui. Perto das duas da tarde enfim sai o dragão, passa por trás da caminhonete de Chao sobre a qual vão montados uns chineses tocando os pratos e o tambor, o ritmo que produzem não é totalmente ortodoxo, nem totalmente rítmico, as pessoas aplaudem da mesma forma, nota-se que não há brasileiros.

Todos esperam que o dragão entre pela Arribeños, mas os que estão de sobreaviso se colocam do outro lado, o bicho mede uns vinte metros e avança dirigido por um chinês com uma espécie de cetro e outro com um apito, os outros ginastas são todos locais, sinto pena dos que marcham um pouco mais atrás disfarçados de leão, como os Papais Noéis se derretendo em dezembro por trás de suas barbas brancas, é o problema de traduzir as tradições ao pé da letra. O dragão ondula pelos ares, parece uma montanha-russa que ganhou vida, às vezes se detém e retrocede, às vezes a cabeça fica quieta no lugar e o resto do corpo se enrola ao seu redor, em frente a alguns estabelecimentos faz uma inclinação e depois entra, as pessoas olham das sacadas, pobres dos que conseguiram vaga num motel justo a essa hora.

— Fabricio, o que é esse ruído?

— O fim do mundo, Magdalena, me deixa entrar por trás?

Os meninos ficam sobre os ombros de seus pais e Sushi consequentemente sobre os meus, a ideia é tocar a bunda quantas vezes for possível, dizem que traz sorte e a verdade é que necessitamos um pouco, acabamos de nos mudar para o apartamento de Lito e Chen, conservo suas cinzas na cozinha, às vezes falo com elas, e acabo de começar a trabalhar na loja de informática, além disso, a barriga de Yintai cresce e cresce, os bebês chineses costumam ser grandes, em poucos meses vou ser papai. Já sou, para falar a verdade, como se diz em chinês Sushi cresceu dentro do meu coração, o anão e eu somos inseparáveis, pela manhã dei um envelope vermelho de presente com um pouco de dinheiro, quero que comece a poupar para seu primeiro computador, no Lai-si de Yintai coloquei todo o resto das minhas economias, não é muito mas vai somando, gosto da ideia de ir ao México quando nosso filho nascer.

— Mas me promete que depois não vai querer cruzar para os Estados Unidos como todos os seus conterrâneos?

— Prometo.

Só pedestres nos sábados e domingos das 11 às 20 horas e Ano Novo Chinês diz um cartaz no começo da rua Arribeños, inútil como quase todos os cartazes desta cidade, nos sábados e domingos quem quiser passar passa e durante a festa da primavera não é possível circular nem a pé, quando o dragão chega de volta à rua Arribeños a maré de gente é tamanha que há avalanches e empurrões, se isso não é a China, onde estará a China? Então acontece o que eu mais temia, bem em frente ao Multicolor lançam uma bateria ensurdecedora de bombas e fogos de artifício, Sushi grita de alegria e Yintai aplaude, mas eu estou muito inquieto, na verdade estou é aterrorizado, a conversa com Li ainda reverbera na minha cabeça e embora nunca tenha acreditado realmente em suas previsões apocalípticas também não descarto a possibilidade de que algo ruim possa ocorrer, a pólvora já é bastante perigosa quando não está carregada de teorias

UM CHINÊS DE BICICLETA

conspiratórias, além do que estamos entrando no ano do porco, para os judeus é uma afronta.

— Etá pálido. Etá sentindo algo?

— Nada que tenha sentido discutir agora, se termina ocorrendo depois.

Mas graças aos céus nada de ruim ocorre, os petardos e os fogos de artifício contra o monstro Nian se calam e o long continua com seu percurso, mais tarde chegam a dança dos leões e a do Yuen Chi, as pessoas aplaudem e comem e compram, os brancos pechincham falando como chineses, fazer a mim preço mais barato, os chineses sorriem, isso traduzido significa Min-Ga. Mais ou menos às quatro entramos com Yintai e Sushi na Associação taiwanesa para ver os espetáculos de dança, então nos encontramos com Ludovica Squirru, a mulher que popularizou o horóscopo chinês na Argentina, ao que parece também foi uma das primeiras a cruzá-lo com a mitologia maia, ela nos diz que este é um ano propício para o amor, os filhos e as viagens, o rapaz que a acompanha tenta me explicar como funciona o calendário lunar mas não consegue, talvez porque esteja bêbado, no entanto mais provavelmente porque esse calendário carece de lógica.

Não voltamos para casa antes das doze, jogado na cama penso que ainda faltam quinze dias de festejo e que eu teria gostado de passá-los com Lito e Chen, depois penso em Li, há uns dias o agarraram em El Palomar com uma mochila cheia de coquetéis molotov, talvez estivesse se preparando para a terceira guerra mundial anunciada por ele mesmo, dizem que fazia dias que vinha dormindo em plena rua coberto com jornais, as pessoas levavam comida porque sentiam pena, pobre Li, agora da prisão com certeza não sai nunca mais.

— Etava louco, seu metre — brincou, uma hora, Yintai.

— Ele diz que as bombas não eram dele — defendi.

— Continua acreditando? Não consigo acreditar. É superticioso mai que chinês.

— Não digo que acredito nele, mas que é preciso esperar o julgamento para dizer.

— Seu problema é ser politicamente correto. Não se anima a dizer que é chinês louco de merda e que é preciso mandá-lo para a China para ser enforcado.

— Ele merece um julgamento como qualquer outro cidadão.

— Bom, mas pelas dúvidas você não ir, a ver se te sequetra de novo.

Yintai volta de colocar o anão na cama, se mete na cama e me abraça, então deixo de pensar em Li e penso em tudo o que o Grande Computador teve de fazer para que eu conhecesse minha nova família, ela teve que fugir da China e se refugiar na casa de uns amigos de Li e eu tive que ser testemunha quando o detiveram e ser sequestrado por ele depois do julgamento, rebobinando tudo me sinto perplexo, também um pouco indignado, não entendo que se precise de tantas coincidências para que alguém possa encontrar a felicidade.

— Você chegou a pensar alguma vez que nós dois nunca deveríamos ter nos encontrado?

— Dui. Muita sorte, tenho medo que roubamo alguém e por culpa nossa alguém sofrendo.

UM CHINES DE BICICLETA

— Mas, se encontrasse esse alguém, lhe devolveria a sorte?

— Meio.

— Olha que esse alguém pode ser qualquer um de nós no futuro.

— Não importa.

— A verdade é que eu também não me importo. Feliz Ano-novo, amor.

— 新年乐, 小爱.

Impresso no Brasil pelo
Sistema Cameron da Divisão Gráfica da
DISTRIBUIDORA RECORD DE SERVIÇOS DE IMPRENSA S.A.
Rua Argentina 171 – Rio de Janeiro, RJ – 20921-380 – Tel.: 2585-2000